FA[	
BE	
WH.	
FIND THEM

神奇动物在哪里

〔英〕纽特·斯卡曼／著　　一目／译

人民文学出版社

著作权合同登记号　图字 01-2014-4992

NEWT SCAMANDER
FANTASTIC BEASTS & WHERE TO FIND THEM

Text copyright © J. K. Rowling 2001
Illustration and handlettering copyright © J. K. Rowling 2001
First published in Great Britain in 2001 by Bloomsbury Publishing Plc.
All rights reserved.
The moral right of the author has been asserted.

图书在版编目（CIP）数据

神奇动物在哪里/（英）斯卡曼著；一目译．—北京：人民文学出版社，2014
ISBN 978-7-02-010459-8

Ⅰ.①神… Ⅱ.①斯…②—… Ⅲ.①童话—英国—现代 Ⅳ.①I561.88

中国版本图书馆 CIP 数据核字（2014）第 190831 号

责任编辑　王瑞琴　翟　灿
责任校对　韩志慧
责任印制　张文芳

出版发行　人民文学出版社
社　　址　北京市朝内大街 166 号
邮政编码　100705
网　　址　http://www.rw-cn.com

印　　刷　北京新魏印刷厂
经　　销　全国新华书店等

字　　数　64 千字
开　　本　880 毫米×1230 毫米　1/32
印　　张　4.25　插页 1
印　　数　30001—50000
版　　次　2014 年 10 月北京第 1 版
印　　次　2015 年 12 月第 4 次印刷

书　　号　978-7-02-010459-8
定　　价　18.00 元

如有印装质量问题，请与本社图书销售中心调换。电话：01065233595

英国喜剧救济基金会

正像邓布利多在本书"序言"里写的那样，本书销售所得的钱款将捐赠给英国的喜剧救济基金会，用来帮助那些世界上最贫困国家中最贫困的人群，并用于英国的慈善事业。

自2001年以来，J.K.罗琳为喜剧救济基金会特别撰写的《神奇的魁地奇球》和《神奇动物在哪里》两本书筹集的款项已将近1800万英镑，这是一个神奇的数字，而这笔款项正在改变人们的生活。

这笔款项的一大用途，是为世界上最贫困国家中的最贫困儿童提供教育。在全世界有6100万儿童无法接受小学教育，但是对他们来说，上学是他们能够摆脱贫困的唯一希望。利用这笔款项，喜剧救济基金会在仅仅一年里就可以帮助超过16万儿童接受正规教育，从而使他们走向更加光明的未来。

你购买了本书，实际上就是为孩子们提供了教科书、资料、校服和学费。

感谢你的支持。如果你想进一步了解喜剧救济基金会，请浏览我们的网站comicrelief.com，在推特（Twitter）上关注我们（@comicrelief），或者在脸书网上关注我们。

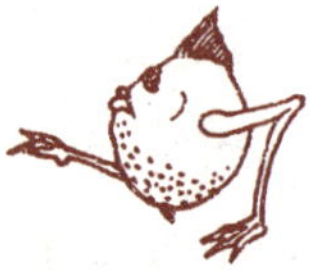

本书属于

Harry Potter

与罗恩·韦斯莱共有

因为他的书散架了

你为什么不买一本新的呢？

在你的书上写字
　　　　　赫敏
星期六你买了那么多粪蛋

你本可以买一本新书的

粪蛋占了上风

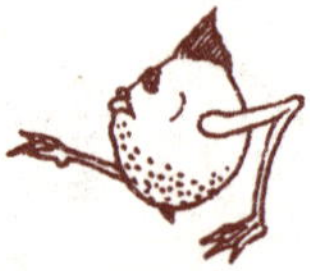

目 录

关于作者...........1

阿不思·邓布利多的序言...........1

纽特·斯卡曼的引言...........1

    关于本书...........1

    什么是动物?...........2

    神奇动物在麻瓜们意识中的简史...........7

    藏匿中的神奇动物...........10

    安全的栖息地...........13

    控制出售和饲养...........14

    幻身咒...........14

    遗忘咒...........15

    错误信息办公室...........15

    神奇动物学的重要意义...........16

魔法部的分类级别...........18

从 A 到 Z 的神奇动物

ACROMANTULA(八眼巨蛛)...........21

神奇动物在哪里

ASHWINDER(火灰蛇)……………23

AUGUREY(卜鸟)……………25

BASILISK(蛇怪)……………27

BILLYWIG(比利威格虫)……………29

BOWTRUCKLE(护树罗锅)……………31

BUNDIMUN(斑地芒)……………32

CENTAUR(马人)……………33

CHIMAERA(客迈拉兽)……………35

CHIZPURFLE(毛螃蟹)……………36

CLABBERT(树猴蛙)……………37

CRUP(燕尾狗)……………39

DEMIGUISE(隐形兽)……………40

DIRICAWL(球遁鸟)……………41

DOXY(狐媚子)……………42

DRAGON(火龙)……………43

DUGBOG(沼泽挖子)……………50

ERKLING(恶尔精)……………51

ERUMPENT(毒角兽)……………52

FAIRY(仙子)……………53

FIRE CRAB(火螃蟹)……………55

FLOBBERWORM(弗洛佰黏虫)……………56

FWOOPER(恶婆鸟)............57

GHOUL(食尸鬼)............58

GLUMBUMBLE(伤心虫)............59

GNOME(地精)............60

GRAPHORN(角驼兽)............61

GRIFFIN(狮身鹰首兽)............62

GRINDYLOW(格林迪洛)............63

HIPPOCAMPUS(马头鱼尾海怪)............64

HIPPOGRIFF(鹰头马身有翼兽)............65

HORKLUMP(霍克拉普)............66

IMP(小魔鬼)............67

JARVEY(土扒貂)............68

JOBBERKNOLL(绝音鸟)............69

KAPPA(卡巴)............70

KELPIE(马形水怪)............71

KNARL(刺佬儿)............73

KNEAZLE(猫狸子)............74

LEPRECHAUN(小矮妖)............75

LETHIFOLD(伏地蝠)............76

LOBALUG(洛巴虫)............79

MACKLED MALACLAW(软爪陆虾)............80

神奇动物在哪里

MANTICORE(人头狮身蝎尾兽)............81
MERPEOPLE(人鱼)............82
MOKE(变形蜥蜴)............84
MOONCALF(月痴兽)............85
MURTLAP(莫特拉鼠)............86
NIFFLER(嗅嗅)............87
NOGTAIL(矮猪怪)............88
NUNDU(囊毒豹)............89
OCCAMY(鸟蛇)............90
PHOENIX(凤凰)............91
PIXIE(小精灵)............92
PLIMPY(彩球鱼)............93
POGREBIN(大头毛怪)............94
PORLOCK(庞洛克)............95
PUFFSKEIN(蒲绒绒)............96
QUINTAPED(五足怪)............97
RAMORA(拉莫拉鱼)............99
RED CAP(红帽子)............100
RE'EM(瑞埃姆牛)............101
RUNESPOOR(如尼纹蛇)............102
SALAMANDER(火蜥蜴)............104

SEA SERPENT(海蛇)...........105
SHRAKE(希拉克鱼)...........106
SNIDGET(金飞侠)...........107
SPHINX(斯芬克司)...........108
STREELER(变色巨螺)...........109
TEBO(特波疣猪)...........110
TROLL(巨怪)...........111
UNICORN(独角兽)...........113
WEREWOLF(狼人)...........114
WINGED HORSE(飞马)...........115
YETI(雪人)...........116

三查德理火炮队三

在我的书中写一支体面的

球队好换换口味

罗恩·韦斯莱

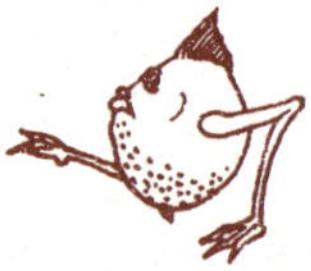

关于作者

好名字

牛顿（纽特）·阿蒂米斯·菲多·斯卡曼生于1897年。在他母亲的鼓励和支持下，他对神奇动物产生了兴趣。他母亲曾对饲养品种珍奇的鹰头马身有翼兽充满热情。从霍格沃茨魔法学校毕业之后，斯卡曼先生进了魔法部，在神奇生物管理控制司工作。他先在家养小精灵重新安置办公室待了两年，他称这两年是"枯燥之极"的两年，随后被调到了动物所。斯卡曼具有丰富的关于神奇动物的知识，因此他在动物所晋升很快。

1947年，差不多由他一手成立了狼人登记处，不过，他说他最引以为豪的还是1965年获得通过的那道《禁止为实验目的而饲养》的禁令。这道禁令有效地遏止了在不列颠境内创造新的不可驯服的动物。斯卡曼先生曾在火龙研究与限制局工作，有很多机会远涉异域。在这期间，他为他这部畅销世界的作品《神奇动物在哪里》收集了大量资料，现在这本书已经是第五十二版。

由于纽特·斯卡曼对神奇动物研究即神奇动物学方

神奇动物在哪里

面的贡献,他在1979年被授予梅林爵士团二级魔法师的称号。斯卡曼先生现在已经退休,和他的妻子波尔蓬蒂娜以及他的三只宠物猫狸子:霍皮、米丽和莫勒生活在英国多塞特郡。

阿不思·邓布利多
的序言

纽特·斯卡曼请我为他的特别版《神奇动物在哪里》写一篇序言，我深感荣幸。纽特的这部杰出作品一问世，就被指定为霍格沃茨魔法学校的教科书，而且肯定为我们的学生在保护神奇动物课考试中连续获得好成绩立下了汗马之功——然而，它不是一本只限课堂阅读的图书。没有一个巫师家庭没有《神奇动物在哪里》这本书的，而且他们为了寻找除掉草坪上霍克拉普的最佳办法，阐释卜鸟哀鸣的含义，或者矫正他们的宠物蒲绒绒在厕所里饮水的恶习，会一代一代地将本书翻下去，直到翻得破烂不堪。

本版《神奇动物在哪里》不仅仅是巫师世界的教科书，它还有更崇高的用途。成就辉煌的默默然图书公司有史以来第一次将它的书制作成了麻瓜们也能够读到的书。

喜剧救济基金会与人类遭受的某些最惨重的苦难所

神奇动物在哪里

作的斗争,在麻瓜世界已经家喻户晓,所以现在我的话是对我的巫师同胞们说的。随后我们就会明白,不光是我们晓得开怀欢笑具有治疗疾病的功效,麻瓜们对这一点也并不陌生,而且他们还极富想象力地利用了这一天赋,用它来募集资金,帮助拯救生命和改善人们的生活——一种我们大家都渴求的魔法。从1985年到今天,喜剧救济基金会已经募集了800,000,000英镑(158,001,035加隆8西可2纳特)。

帮助喜剧救济基金会从事他们的事业是现在魔法世界的每一个成员享有的特权。你手中拿着一本哈利·波特自己的《神奇动物在哪里》的复制版,页边空白的地方有他和他的朋友们记下的那些可以帮你增长一下见识的笔记。虽然哈利原来似乎有点儿勉强,不愿这本书以现在的形式重印,可我们在喜剧救济基金会的朋友们觉得,他记在书上的那一丁点儿笔记将会增加这本书的娱乐色彩。纽特·斯卡曼先生也同意了,因为很久以前他就默认了人们在他这部杰作中不断地胡乱涂画。

本版《神奇动物在哪里》将在丽痕书店以及麻瓜们的书店里销售。那些希望额外捐赠的巫师们应该通过古灵阁巫师银行(请拉环帮忙)完成这件事。

余下来我要做的事情，就是警告所有那些已经读了这篇序言却没有购买这本书的人：本书携带着一个偷窃咒。我也想趁此机会让那些购买本书的麻瓜们放心，本书中描写的那些有趣动物都是虚构的，不会伤害你们。对于巫师们，我只想说：千万别招惹一条睡龙。

阿不思·邓布利多

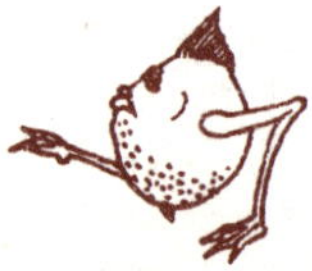

纽特·斯卡曼的引言

关 于 本 书

《神奇动物在哪里》是我多年旅行和研究的成果。追思往日岁月，那个七岁的小巫师，在自己的卧室里解剖霍克拉普，一待便是几个小时。我嫉妒他即将到来的旅行：从黑黢黢的森林到明亮的沙漠，从高山的峰顶到遍布泥潭的沼泽，那个全身被霍克拉普包裹得严严实实的脏兮兮男孩长大成人的时候，会去追踪本书下面篇幅中所描述的动物踪迹。我的足迹曾遍布五洲，我曾探访过野兽的巢穴、地下动物的洞穴、飞禽的窝巢，曾在一百多个国家观察神奇动物的奇特习性，亲身感受它们的本领，赢得它们的信任，偶尔我也用旅行水壶把它们赶开。

第一版《神奇动物在哪里》最早是在1918年受默默然图书公司的奥古斯塔斯·沃姆先生的委托而动笔的，他客气地问我是否愿意为他的出版社撰写一本有关神奇动物的具有权威性的手册。那时我只不过是一个在

神奇动物在哪里

魔法部工作的下等雇员,所以迫不及待地想得到这个机会,一是为了增加我那每周两西可的可怜薪水,二是为了作环球旅行寻找新的神奇物种以打发假日。其余的便是出版历程了——《神奇动物在哪里》现在已是第五十二版。

这篇引言是为了回答自1927年本书首版以来,每周不断寄往我的邮袋,且最经常被问及的几个问题。这些问题中的第一个是所有问题当中最基本的问题——什么是"动物"?

一种长着很多腿浑身毛茸茸的家伙 ↗

什么是动物?

好几个世纪以来,"动物"的定义一直引人争论不休。虽然这会让一些初涉神奇动物学的人感到吃惊,但如果我们花一点时间考虑一下三种神奇动物,这个问题的焦点也许就更加清晰了。

狼人大部分时间以人(不管是巫师还是麻瓜)的身份出现。然而,每月一次,他们会变成四条腿的野蛮动物,心怀杀机,没有人性。

马人的习惯和人的不一样,他们生活在野蛮状态,拒绝穿衣服，喜欢生活在远离巫师和麻瓜们的地方，但是在智力方面，马人与人不相上下。

巨怪具有人的外貌，直立行走，可以学会几句简单的人类语言，然而它们的智力比最不聪明的独角兽还要低下，除了力大无穷，有违常理，天生没有任何神奇本领。

现在我们反问自己：这些生物当中，哪一种是"人"呢？——也就是说，哪一种生物在治理魔法世界的事务中享有合法的权利和发言权——又有哪一种是"动物"呢？

早些时候，对于哪些神奇生物应该被定为"动物"的尝试是极其简单粗暴的。

布尔多克·马尔登，这位十四世纪的巫师议会[①]议长，规定魔法世界中任何用两条腿行走的成员由此被授予"人"的地位，而所有其他成员则保持"动物"身份。他以一种友好的态度召集所有的"人"出席一次高峰会谈，与巫师会面，讨论新的魔法法律，但使他极为沮丧的是，他发现自己判断错误。会议大厅中挤满了妖精，它们带来了许许多多两条腿的动物，凡是它们能找

---

① 巫师议会是魔法部的前身。

到的都找来了。正如巴希达·巴沙特在她所著的《魔法史》中告诉我们的那样：

> 在一片球遁鸟粗粝的叫声、卜鸟的悲鸣和恶婆鸟那刺耳不间断的歌声中，几乎什么也听不到。当巫师们试图查阅他们面前的文件时，各种各样的小精灵和仙子在他们的头顶上盘旋，咯咯怪笑，叽叽喳喳。十来个巨怪开始挥舞手中的短棒要把大厅砸碎，而女妖们在大厅里四处滑行，寻找小孩吃。议长站起来主持会议，可是滑倒在一堆庞洛克粪上，诅咒着逃出了大厅。

正如我们所看到的，仅仅拥有两条腿并不能保证一种神奇生物能够或者就会对巫师政府的事务感兴趣。怀着愤恨，马尔登放弃了让魔法世界中的非巫师成员加入到巫师议会中的任何进一步尝试。

马尔登的继任者艾尔弗丽达·克拉格夫人，试图给"人"进行重新定义，希望借此和其他神奇生物建立更加密切的关系。人，她宣称，就是那些会说人类语言的生物。因此，所有那些能够让议会议员理解的生物被邀请参加下一届会议。然而，问题再一次出现。那些被妖精教会了几句简单话的巨怪们和以前一样，准备破坏大厅。土扒貂你追我赶，绕着会议厅的椅子腿乱跑，只要够得着，就拧人的脚脖子。与此同时，一大队幽灵（它们在马尔登任职期间曾被拒于门外，理由是它们并不是用两条腿走路，而是滑行）代表出席了会议。但是后来它们称"议会无耻地强调活人的需要，与死者的意愿背道而驰"，对这一点，它们深表厌恶，愤然离开了会议。马人在马尔登当权期间曾被列为"动物"，可眼下在克拉格夫人这里却被归类为"人"，可是它们拒绝出席议会，以示对人鱼被排除在"人"之外的抗议。雌人鱼待在水面上的时候能够说话，除此之外，人鱼在任何情况下都不能交谈。

直到1811年，人们才找到了魔法世界大多数成员觉得可以接受的定义。新任魔法部部长格罗根·斯顿普发布命令："人"就是"任何一种有足够智力去理解魔法社会的法律，并承担在制定这些法律的过程中肩负的部分责任的生物"。[1]巨怪代表在身边没有妖精的情况

---

[1] 幽灵是例外。它们断言，在它们显然已是"昨日黄花"的时候，把它们列为"人"是麻木不仁的表现。因此，斯顿普在神奇生物管理控制司里建立了三个今天依然存在的分支机构：动物所、人类所和幽灵所。

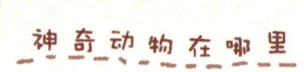

下受到了盘问，并被断定为无法理解对它们所说的任何话，因此它们被分类为"动物"，尽管它们是用两条腿走路的；人鱼通过翻译第一次被邀请前来成为"人"；仙子、小精灵和地精，尽管它们具有人类的外表，却被坚决地排在了"动物"之列。

当然，事情到此还没完。我们大家对极端分子并不陌生，他们四处进行活动，要将麻瓜们划归"动物"；我们大家都明白，马人已经拒绝了"人"的身份，要求保持"动物"的地位[①]；同时，狼人多年来一直被搁置在动物所和人类所之间；在写作本书的时候，人类所里有一间办公室，供狼人支援服务科使用，而狼人登记处和狼人捕捉分队却归在动物所的名下。好几种高智商的生物被划在"动物"之列，因为这些生物没有能力克服自己的凶残本性。八眼巨蛛和人头狮身蝎尾兽具有运用智力语言的能力，但是它们

[①] 马人和一些生物不和，例如女妖和吸血鬼，巫师们却要求它们和那些生物共享"人"的身份，因此它们宣称它们将不和巫师为伍，自己管理自己的事务。一年后，人鱼提出了同样的要求。魔法部勉强接受了它们的要求。尽管神奇生物管理控制司动物所中仍然保留着马人联络办公室，但是已经没有马人使用它。实际上，"被派到马人联络办公室"已经成了司里的一则内部笑话，意思是所提到的那个人随即将被开革。

会试图吞噬任何靠近它们的人。斯芬克司对人说的只是谜语和难题,而且一旦所给答案是错误的,它们就会施暴。

在下面的篇幅中,只要某种动物的分类存在疑问,我都在该种生物的词条边上做了注释。

现在让我们回答一个在谈话转向神奇动物学时,巫师们最常问到的问题:为什么麻瓜们没有注意到这些生物?

神奇动物在麻瓜们意识中的简史(骗人)

对许多巫师来说,这也许看起来很令人吃惊,因为麻瓜们并非总是对那些长期以来我们辛辛苦苦要藏起来的神奇动物一无所知。只要瞥一眼中世纪的麻瓜文学艺术作品,我们就会发现,现在的麻瓜们认为纯属虚构的许多生物在当时的麻瓜眼里都是实实在在的东西。火龙、狮身鹰首兽、独角兽、凤凰、马人——这些动物,以及其他更多的神奇动物都在那一个时期的麻瓜作品中得到了表现,尽管常常与这些神奇动物本身相差甚远,但很有趣。

然而,对那一个时期麻瓜们的动物寓言集所做的

神奇动物在哪里

一次严格调查证明，大多数神奇动物或者彻底避开了麻瓜们的注意，或者被误以为是其他东西。请仔细看看下面现存的伍斯特郡方济各会修士班迪克的手迹片段：

> 今天我在药草园里埋头干活的时候，我拨开了那些紫苏，发现了一只庞然大物般的雪貂。它不像雪貂惯常那样逃跑或是躲藏，而是向我扑了过来，把我仰面撞翻在地，违背常理地怒吼起来："滚开，秃驴！"然后它真的恶狠狠地咬了一口我的鼻子，结果我的鼻子流了好几个小时的血。那个化缘修士不愿相信我曾遇到过一只会说话的雪貂，问我是不是一直在小酌博尼费斯修士的芜菁酒。由于我的鼻子仍然肿着，而且还血淋淋的，我就不用做晚祷了。

很明显，我们的麻瓜朋友挖出的不是一只雪貂，这只是他想当然罢了，而是一只土扒貂，很可能正在追赶它最喜欢的猎物地精。

一知半解时常比无知更加危险。麻瓜们害怕那些也许正潜藏在他们的药草园里的东西，因此，他们对魔法的恐惧无疑变得更加强烈了。这一时期，麻瓜对巫师的迫害达到了史无前例的巅峰，因为他们目睹了火龙和鹰头马身有翼兽。导致麻瓜们歇斯底里的原因正是这些动物。

讨论巫师们退隐之前的那段黑暗时光不是本书的目的[①]。如果麻瓜们一定要相信根本没有魔法这样的玩意儿，那么我们这里所关心的就是那些神奇动物的命运，这些动物跟我们一样，将不得不被隐藏起来。

国际巫师联合会在著名的1692年峰会上将这个问题争出了一个是非曲直。各国巫师之间进行了长达七个星期的讨论，讨论有时候相当激烈，主题就是神奇动物这一叫人苦恼的问题。我们能将多少种动物隐藏起来不让麻瓜们看见，并且哪些应该被隐藏起来？我们应该把它们藏在哪里，又如何隐藏？争论越来越激烈，一些动物并未意识到这样一个事实：它们的命运正在被决定，而另一些动物则致力于这场争论[②]。

最后，达成了一致协议[③]。二十七种动物，按身体

---

① 凡是对这一段特别血腥的巫师史详细记述感兴趣的人应该查阅巴希达·巴沙特的《魔法史》（小红书图书公司，1947年）。
② 马人、人鱼和妖精的代表团被说服前来参加了这次峰会。
③ 不包括妖精。

神奇动物在哪里

的大小，从火龙到斑地芒，将被隐藏起来不让麻瓜们看见，以便造成一种假象：这些动物从来都没有存在过，只是想象中的玩意儿而已。这一数字在随后的一个世纪中增大了，因为巫师对他们隐藏的方法有了更足的信心。1750年，《国际魔法保密法案》中添加了第73条，世界各国的魔法部至今都在遵守这一条款：

> 每个巫师管理机构都将担负隐藏、照料和控制居住在他们辖区内的所有神奇动物、人类和幽灵的责任。假使有这样的动物对麻瓜社会造成了危害，或者引起了他们的注意，那么那个国家的魔法管理机构将受到国际巫师联合会的纪律惩罚。

藏匿中的神奇动物

不可否认，自从第73条首次实施以来，违法行为还是偶有发生。年龄较大的英国读者还会记得1932年的伊尔福勒科姆事件，当时一条顽皮的威尔士绿火龙向一片拥挤的海滩猛扑过去，海滩上挤满了正在享受日光浴的麻瓜们。侥幸的是，有一家巫师正在那里度假，他们的勇敢行为阻止了伤亡的发生（随后他们全家被授予了梅林爵士团一级巫师的称号）——他们即刻对伊尔福勒科姆的居民施用了本世纪最大范围的遗忘咒，这样才勉强避免了灾难的发生①。

国际巫师联合会只得不断惩罚某些违反《国际魔法保密法案》第73条的国家和地区。西藏和苏格兰是两个屡教不改的惯犯。西藏的麻瓜们频频看见雪人，国际巫师联合会觉得有必要在山区长期派驻一支国际别动队。与此同时，在尼斯湖，世界上最大的马形水怪继续逃避人们的捕捉，它似乎已经养成了一种渴望出风头的习惯。

虽然发生过这些不幸的灾难性事件，我们巫师还是可以自我庆祝一番，因为有一项工作我们做得不错。谁也不会怀疑，今天绝大多数的麻瓜都不愿相信世上尚有那些他们的祖先曾如此害怕的神奇动物。即便那些真的亲眼见过庞洛克粪便或变色巨螺爬痕的麻瓜们——以为这些动物的所有踪迹都能够被隐藏起来是愚蠢的想法——似乎对最不堪一击的非魔法解释也

---

① 在布伦海姆·斯托克于1972年所写的《有所发现的麻瓜们》一书中，他断言伊尔福勒科姆的一些居民躲开了那个群体遗忘咒。"直到今天，一个绰号叫'机灵鬼德克'的麻瓜仍在南部海岸的酒吧里高谈阔论，说曾有'一条脏兮兮的飞天大蜥蜴'刺穿了他的气垫。"

感到满意①。如果哪个麻瓜傻乎乎地向另外一个麻瓜袒露心扉，说他曾经看见过一头鹰头马身有翼兽，扇动着翅膀向北方飞去，他一般会被认为是喝醉了，要么就是一个疯子。尽管这对那个麻瓜似乎不公平，然而这总比绑在火刑柱上被烧死或被沉到村前的池塘里淹死可取。

那么巫师社会是如何藏匿神奇动物的呢？

幸运的是，有些种类的神奇动物无须巫师们太多的帮助，自己就可以避开麻瓜们的注意。像特波疣猪、隐形兽和护树罗锅之类的动物，自己都有非常有效的隐蔽方式，就它们来说，魔法部对它们的任何干预都是多余的。还有这样一些动物，它们或是由于生来聪明或是由于天性腼腆，无论如何不愿和麻瓜们接触——例如独角兽、月痴兽和马人。其他神奇动物则栖居在麻瓜们无法到达的地方——人们认为八眼巨蛛居住在加里曼丹岛上不为人知的丛林深处，凤凰栖息在只有凭借魔法才可攀登的高山之巅。最后，也是最普遍的，有一些动物身体太小，行动太敏捷，或者太擅于伪装成凡尘动物，吸引

---

① 若对麻瓜们这种人云亦云的倾向进行有趣的研究，读者也许可以查阅莫迪克斯·埃格教授的《凡尘俗世的哲学：为什么麻瓜们不喜欢刨根问底》（尘埃—霉菌出版社，1963年）。

不了麻瓜们的视线——毛螃蟹、比利威格虫和燕尾狗就属于这一类。

虽然如此，还是有许多动物，它们或是有意或是无心，仍然显得太招眼，没有逃过麻瓜们的眼睛，也正是它们给神奇生物管理控制司带来了浩繁的工作。神奇生物管理控制司是魔法部的第二大司[1]，由它采取各种手段处理众多动物五花八门的需求。

安全的栖息地

也许隐藏神奇动物最重要的一步就是为它们创造安全的栖息地。驱逐麻瓜的咒语可以阻止麻瓜们擅闯马人和独角兽栖身的丛林，以及划归人鱼使用的河流湖泊。也有一些极端的例子，例如五足怪，它栖居的整个地区都被变得不可标绘[2]。

某些安全区域必须始终置于巫师的监视之下，例

---

[1] 魔法部最大的部门是魔法法律执行司，从某些方面说，其余六个司都应对魔法法律执行司负责——唯有神秘事务司可能除外。

[2] 当一块土地被变得不可标绘时，该地区则不可能在地图上绘制出来。

如，火龙保护区。虽然独角兽和人鱼待在那些指定供它们使用的地区乐此不疲，火龙却在寻找一切机会，准备越过它们那保护区的界限外出寻找猎物。在一些情况下，驱逐麻瓜的咒语会失灵，因为那些动物自身的法力会将这些咒语解除。马形水怪就属于这种情况，它们生活的唯一目的就是把人吸引到它们的面前；还有大头毛怪，它们也想去寻找人类。

控制出售和饲养

虽然任何一个麻瓜都有可能受到一只较大或比较危险的神奇动物的惊吓，但是这种可能性已经大大降低，因为现在已经有了严格的措施，用来惩罚那些饲养和出售神奇动物幼崽和蛋卵的行为。神奇生物管理控制司密切监视神奇动物的买卖活动。1965年施行的那道《禁止为实验目的而饲养》的禁令使得创造新的神奇动物物种成了非法活动。

但是没有人告诉海格

幻身咒

普通巫师也担负起了藏匿神奇动物的责任。例如，那些拥有鹰头马身有翼兽的巫师依据法律必须对它施用幻身咒，以此来搅乱任何一位可能看见它的麻瓜的视线。幻身咒必须每天施用，因为它的功效易于消失。

遗忘咒

一旦发生了最坏的事情，麻瓜们看见了他们不该看见的，遗忘咒也许是最有用的修复工具。问题动物的主人可以施用遗忘咒，但是如果麻瓜们注意到的情况非常严重，魔法部可以派出一批训练有素的记忆注销员前往解决问题。

错误信息办公室

错误信息办公室只处理那些最严重的魔法—麻瓜冲突。一些魔法灾难或事件简直太招眼了，如果没有一个外部的权威机构帮忙，麻瓜们就无法为自己开脱。遇到这样的情况，错误信息办公室将直接和麻瓜的首相或总理联络，就发生的事件寻求一个合理的非魔法的解释。这个办公室要劝说麻瓜们相信：关于摄录的尼斯湖马形

神奇动物在哪里

水怪的所有证据都是假的。他们在这一方面所做出的慷慨努力已经取得了一定成效，挽救了过去曾有一段时间看上去极其危险的局面。

神奇动物学的重要意义

上文描述的各项措施只是从总体上提及了神奇生物管理控制司工作的范围和内容。它只是回答了这样一个我们大家在内心深处已经知道了它的答案的问题：为什么我们作为社会群体和个人，试图继续保护和藏匿神奇动物，甚至包括那些凶残的无法驯服的动物呢？当然，答案就是：为了确保未来一代代的巫师和我们一样享有欣赏它们那美丽奇特的外表和神奇本领的权利。

我奉献此书，介绍栖居在我们这个世界上的丰富多彩的神奇动物，仅仅是为了抛砖引玉。下面的篇幅中共描述了七十五种神奇动物，但是我并不怀疑，在今年的某个时候，还会发现新的神奇动物，这样就有必要对《神奇动物在哪里》再次进行修订，出版第五十三版。同时，我想补充一点：想到一代代年轻巫师通过这本书，对我所喜爱的神奇动物有了更加全面的理解,获得了更加丰富的知识,我就感到莫大的快乐。

神奇动物在哪里

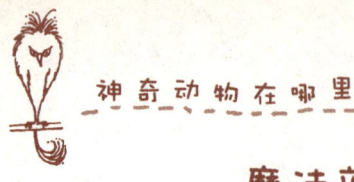

魔法部的分类级别

神奇生物管理控制司对所有已知的动物、人和幽灵作了分类。这些分类级别提供了一个指南，让我们可以一目了然地认识到一种生物的危险性。五种分类级别如下：

魔法部（M.O.M.）分类级别

↙ 或海格喜欢的任何东西

×××××	已知的杀害巫师的动物／不可能驯养或驯服的
××××	危险的／需要专门的知识／熟练的巫师才可以对付
×××	有能力的巫师可以应付
××	无害的／可以驯服的
×	令人乏味的

在有些情况下，我觉得对某种动物的分类做一个解释是必要的，因此我相应地增加了一些脚注。

从A到Z的神奇动物

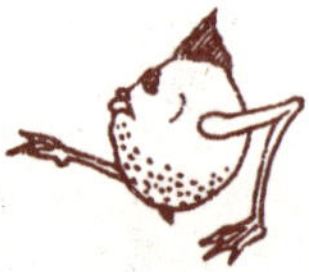

ACROMANTULA
（八眼巨蛛）
魔法部分类级别：×××××××××××××

　　八眼巨蛛是一种体形巨大、生性凶残的蜘蛛，它有八只眼睛，会说人类的语言[1]。它原产加里曼丹岛，栖息在茂密的丛林里。它的特征非常显著：全身覆盖着浓密的黑毛；腿向身体两侧伸展的跨度可达十五英尺；情绪激动或生气的时候，它的螯会发出清晰可闻的咔哒声；它还会分泌毒液。八眼巨蛛是食肉动物，喜欢体形大的猎物。它在地面上编织圆屋顶形蛛网。雌蛛比雄蛛大，一次产卵可达一百枚。这些卵是白色的，很柔软，和浮水气球一般大。卵的孵化时间为六至八个星期。八眼巨蛛卵被神奇生物管理控制司明确列为甲级非贸易商

---

[1] 会说人类语言的动物很少是自己学会的；唯一的例外是土扒鼹。那道《禁止为实验目的而饲养》的禁令直到本世纪才开始实施，可早在很多年以前，即1794年，就有了对八眼巨蛛的首次记载。

神奇动物在哪里

品，这意味着进口或出售八眼巨蛛卵将受到严厉的惩处。

八眼巨蛛被认为是巫师培育出来的，可能是为了让它们守护巫师的居所或财宝。通常用魔法创造出来的其他怪物也是为了这个目的。尽管八眼巨蛛智力接近人类的智力，但它却不能加以驯化，因此对巫师和麻瓜都具有高度的危险。

传言苏格兰已经建立了八眼巨蛛的聚居地，但是~~没有得到证实~~。

被哈利·波特和罗恩·韦斯莱证实了

ASHWINDER
（火灰蛇）
魔法部分类级别：×××

当一堆魔火①不受遏制地燃烧太长的时间时，火灰蛇就会被创造出来。它是一种眼中闪烁着红光的蛇，身体细瘦，灰白色，会从无人照管的火焰灰烬中钻出来，游到住宅的阴影中，找自己的栖身之所，而身后会留下一道灰迹。

火灰蛇的寿命只有一个小时，在这一个小时中，它找到一处黑暗、隐蔽的地方将卵产下来，然后身体就会支离破碎，化作尘土。火灰蛇的卵红得耀眼，散发出炽热的光。如果人们没能及时发现这些卵，并用适当的咒语将它们冻结起来，它们就会在几分钟的时间内点燃住宅。无论哪个巫师，只要意识到有一条或几条火灰蛇散游在房子中，都必须即刻寻迹追踪，弄清楚蛇卵的位

---

① 任何加入了魔法物质的火，如飞路粉等。

神奇动物在哪里

置。这些蛇卵一旦被冻结起来，便具有了极大的价值，可用来制造迷魂药，也可以被完整地吞下去，用来治疗热病。

世界各地都可以见到火灰蛇。

AUGUREY（卜鸟）
[也称作爱尔兰凤凰(Irish Phoenix)]
魔法部分类级别：××

    卜鸟原产不列颠和爱尔兰，不过有时候在北欧的一些地方也可以见到。卜鸟是一种神情哀伤、身体瘦小的鸟，它全身呈墨绿色，外形有点像营养不良的小秃鹫。卜鸟特别腼腆，在荆棘丛中筑巢，吃体形大的昆虫和仙子，只是在下大雨时才出来飞行，平时就躲在它那梨形的巢中。

    卜鸟那低沉的颤颤悠悠的叫声别具特色，人们一度以为这声音预示着死亡。巫师们都躲避着卜鸟的巢，因为他们害怕听到那叫人心碎的声音，而且相信很多巫师在经过灌木丛、听到卜鸟的号叫时[1]，尽管没见到它的

---

[1] 人们知道，怪人尤里克曾睡在一间有五十多只宠物卜鸟的房间里。在一个特别潮湿的冬季，尤里克听了他那些卜鸟的呜咽声后认为自己已经死了，现在只是一个幽灵。随后他试图穿过他房子的墙壁走出去，结果导致了他的传记作者拉多尔福·皮蒂曼所描述的为期"十天的脑震荡"。

神奇动物在哪里

踪影，也都犯了心脏病。然而，通过对病人的研究，最后显示卜鸟只是在大雨来临之时才叫[1]。自此之后，卜鸟作为家庭天气预报员红极一时，可很多人发现，它在冬季几乎从不停歇地号叫，让人难以忍受。卜鸟的羽毛不可用作羽毛笔，因为它们排斥墨水。

---

[1] 见格里弗·波凯比著的《当卜鸟号叫的时候我为什么没有死去》（小红书图书公司，1824年）。

BASILISK（蛇怪）
[也称作蛇王（the King of Serpents）]
魔法部分类级别：×××××

有记载的第一条蛇怪是由"卑鄙的海尔波"——一个会蛇佬腔的希腊黑巫师培育出来的。此人在经过多次实验以后发现，把一只鸡蛋放在一只癞蛤蟆身体下孵化，就会孵出一条拥有超凡本领的危险大蛇。

蛇怪是一种浑身绿得耀眼的大蛇，体长可达五十英尺。雄蛇的脑袋上有一根鲜红的羽毛。它的长牙毒性异常，但它最危险的攻击方式却是用它那黄色的大眼睛凝视被攻击的目标。任何人的目光只要和它的目光相触，就会顷刻毙命。

如果食物充足（蛇怪会吃所有的哺乳动物、鸟类和多种爬行动物），这种蛇的寿命会非常长。人们认为"卑鄙的海尔波"的蛇怪差不多活了九百岁。

神奇动物在哪里

自中世纪以来，创造蛇怪一直都被视为非法行为，可是这种行为很容易隐藏，因为只要在神奇生物管理控制司光临之前把鸡蛋从癞蛤蟆身体下面取出来就行了。然而，蛇怪除了受蛇佬腔控制，谁也奈何它不得，所以它们不但对其他人有危险，就是对大多数黑巫师也很危险。在不列颠，至少已经有四百年没有关于目睹蛇怪的记载了。

那是你的想法

BILLYWIG（比利威格虫）
魔法部分类级别：×××

比利威格虫是澳大利亚一种土生土长的昆虫。它大约有半英寸长，全身蓝色，泛着青玉一般的鲜亮光泽，但它的行动十分敏捷，麻瓜们很少会注意它，巫师们也不太经常能发现它，除非被它蜇了。比利威格虫的翅膀长在头顶的两侧，扇动的速度非常快，它飞行的时候身体就会旋转起来。它身体的底部有一根细长的螯针。凡被比利威格虫蜇了的人都会觉得头晕目眩，随后便忽忽悠悠地飘起来。一代代的澳大利亚年轻巫师都在设法捕捉比利威格虫，刺激它蜇自己，为的是获得这种附带的效果。可是一旦有人被蜇得过度，他就会一连数天不受控制地在空中飘荡，而且一旦有严重的过敏反应，随之而来的就是永久性的飘荡。干燥的比利威格螯针可用在多种药剂之

神奇动物在哪里

中，人们认为它的螯针还是那种受欢迎的糖果"滋滋蜜蜂糖"的原料。

> 那我以后再也不吃它们了

BOWTRUCKLE
（护树罗锅）
魔法部分类级别：××

护树罗锅是一种守护树木的动物，主要产于英格兰的西部、德国南部和斯堪的纳维亚半岛的某些森林中。它长着两只褐色的小眼睛，因为身材太小（最高为八英寸），而且从外表看，是由树皮和小树枝构成的，所以极难见到。

护树罗锅是一种性情平和、极其害羞的生物，以昆虫为食，但是如果它所栖身的那棵树受到威胁，它就会一跃而下，扑向试图毁坏它家园的伐木工或树木整形专家，用它那长而锋利的手指挖出他们的眼睛。如果一个巫师把土鳖提供给护树罗锅，就会使它得到长时间的安抚，这样他或者她便可以从树上取下木材做魔杖。

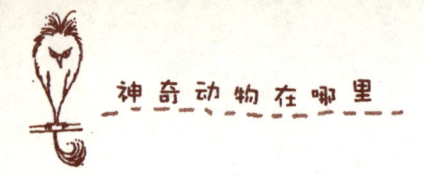

BUNDIMUN（斑地芒）
魔法部分类级别：×××

斑地芒在世界各地都可以见到。它们擅长在地板下面和壁脚板后面爬行，成群结队地寄生在住宅中。通常东西腐烂发出恶臭就会有斑地芒出现。一旦哪座住宅里出现了斑地芒，斑地芒缓慢分泌出的一种物质就会腐蚀住宅的根基。

休息状态下的斑地芒与一片长着眼睛的微微发绿的真菌相似，可是受到惊吓的时候，它会靠着它那数不清的细长腿匆匆爬走。斑地芒以灰尘为食。除垢咒会让一座房子摆脱斑地芒的困扰，可如果由着它们长得太大，就应与神奇生物管理控制司（害虫分所）联系，免得房子被它们弄塌。稀释后的斑地芒分泌物可用在某些魔法清洁剂中。

CENTAUR（马人）
魔法部分类级别：××××①

马人长着人的脑袋、躯干和上肢，连接着马的身体，马身颜色可能有好几种。马人很聪明，会说人类的语言，因此严格说来，不应被称作动物，但是根据它们自己的要求，它被魔法部划归动物之列（见本书引言）。

马人是丛林动物，人们认为它原产希腊，可是现在欧洲的许多地方也有马人群体。有马人的国家，巫师当局都划出特别区域专供马人活动，这样马人便不会受到麻瓜的骚扰；然而，马人很少需要巫师的保护，因为它们自己有办法避开人类。

马人的生活方式仍然蒙着一层神秘色彩。一般说来，它们对巫师和麻瓜一样不信任，实际上似乎对待我们巫师和麻瓜没有任何区别。它们成群结队地生活在一

---

① 马人被列入××××类动物，并不是因为它攻击性过强，而是因为它应该受到极大的尊重。这个原则也适于人鱼和独角兽。

起，一般十至五十个不等。马人精通魔法治疗、占卜、射箭和天文学，享有盛誉。

CHIMAERA（客迈拉兽）
魔法部分类级别：×××××

客迈拉兽是希腊珍稀巨兽，长着狮子的脑袋、山羊的身体和火龙的尾巴。客迈拉本性邪恶，嗜血成性，是极其危险的动物。人们所知仅有一例，说有一个巫师曾经成功地屠杀过一头客迈拉，那个不幸的巫师随后就因用力过度，筋疲力尽，从他胯下的那匹飞马（见下文）身上坠落尘埃，一命呜呼。客迈拉的卵被列为甲级非贸易商品。

所以海格随时可能弄来几颗

神奇动物在哪里

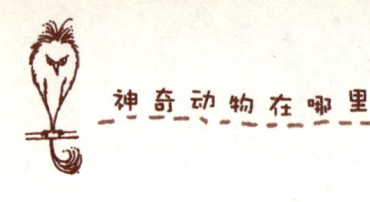

CHIZPURFLE（毛螃蟹）
魔法部分类级别：××

毛螃蟹是一种小寄生虫，身长只有二十分之一英寸，外表类似螃蟹，生有长牙。它们受魔法的吸引，会成群寄生在燕尾狗和卜鸟这些动物的皮毛和羽毛当中。它们还会进入巫师的住宅，糟蹋魔杖之类的魔法物件，逐渐啃噬，直至进入魔力中心，或者在没洗净的坩埚里安身，饱食残留在坩埚上的药剂[1]。虽然用市场上的任何一种专门药剂都可轻而易举地消灭毛螃蟹，但是灾害严重时还是需要神奇生物管理控制司害虫分所的工作人员大驾光临，因为人们发现，那些由于吃了魔法物质而膨胀起来的毛螃蟹很难对付。

---

[1] 在没有魔法的时候，据了解毛螃蟹一直从内向外毁坏电器（为了比较全面地理解什么是电，请参看《不列颠麻瓜的家庭生活和社会习惯》，威廉·维格沃希著，小红书图书公司，1987年）。毛螃蟹的骚扰解释了许多相当新的麻瓜电器突然失灵这一令人困惑不解的现象。

CLABBERT（树猴蛙）
魔法部分类级别：××

树猴蛙是一种栖居在树上的生物，从外表看，样子有点像猴子和蛙杂交的后代。它原产美国南部各州，可是一直在向世界各地出口。它的皮肤呈绿色，有斑纹，光滑无毛，手和脚上长着蹼，四肢长而灵活，因此树猴蛙能够在树枝间荡来荡去，跟猩猩一样敏捷。它的脑袋上长着短角，有一张大嘴，看上去总像是在怪笑，满嘴剃刀一般锋利的牙齿。树猴蛙主要以小型蜥蜴和鸟儿为食。

树猴蛙最显著的特征是它额头中间有个大脓包。树猴蛙察觉到危险时，那个脓包就变得猩红，一闪一闪地发出红光。美国的巫师曾经在他们的花园中养过树猴蛙，以事先发出有麻瓜正在接近的警告，但是国际巫师联合会对那些巫师采取了惩罚措施，这种做法就迅速消失了。到了夜晚，如果一棵树上布满树猴蛙那闪闪放光的脓包，这情景虽然富有装饰性，但也会引起太多麻瓜的注意。他们会问，为什么到了六月，他们的邻居还让他们的圣诞彩灯亮着？

CRUP（燕尾狗）
魔法部分类级别：×××

燕尾狗原产于英格兰东南部。它和杰克·拉塞尔猎狗①极其相像，只是它有一条分叉的尾巴。其实，燕尾狗差不多就是巫师培育出来的一种狗，因为它对巫师极其忠诚，可对麻瓜却凶残得很。它是一个了不起的清道夫，从地精到旧轮胎，它遇到什么吃什么。任何巫师如果想申请饲养燕尾狗，都必须先完成一道简单的测试，证明他具备在麻瓜居住区控制燕尾狗的能力，然后才可以从神奇生物管理控制司领取许可证。燕尾狗的主人在燕尾狗长到六至八个星期时，在法律上有义务采用无痛切割咒去掉它那奇特的尾巴，以免燕尾狗引起麻瓜们的注意。

---

① 英国巫师杰克·拉塞尔培育的一种小猎狗，并因他的名字而得名。

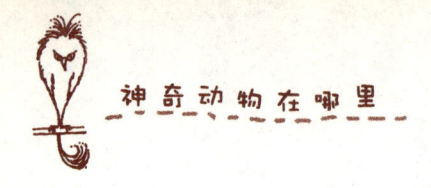

DEMIGUISE（隐形兽）
魔法部分类级别：××××

  隐形兽在远东地区可以见到，只是十分难得，因为它受到威胁的时候，能够变得让人看不见，只有那些擅长捕捉它的巫师才能看见它。

  隐形兽是一种性情温和、喜好安静的食草动物，外表看上去有点儿像姿势优雅的猿，一双大大的黑眼睛时常藏在头发里面，流露出淡淡的哀伤。它的整个身体覆盖着丝绸一般银光闪闪的长长细毛。隐形兽毛皮的价值很高，因为它的毛发可以用来编织隐形衣。

DIRICAWL（球遁鸟）
魔法部分类级别：××

球遁鸟原产毛里求斯，是一种身体肥胖、全身绒毛、不会飞行的鸟。它以逃避危险的不凡手段而著称。它不费吹灰之力就能消失得无影无踪，从另外一个地方冒出来（凤凰也有这样的本领；见下文）。

有趣的是，麻瓜们曾经完全清楚球遁鸟的存在，可他们给它取名叫"渡渡鸟"。麻瓜们因为不了解球遁鸟有能够自由消失的本领，就认为他们已经把这种鸟猎尽灭绝。这一点似乎已经提高了麻瓜们的意识，使他们意识到了不加节制地滥捕滥杀与他们朝夕相处的动物所带来的危险。国际巫师联合会认为，不让麻瓜们知道球遁鸟依然存在没有什么不妥。

DOXY（狐媚子）

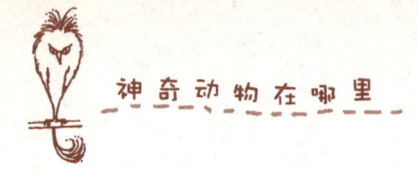

[有时候称作咬人仙子（Biting Fairy）]

魔法部分类级别：×××

狐媚子时常被误认为是仙子（见下文），其实它是一种与仙子截然不同的生物。像仙子一样，它具有人的体形，但非常小。它全身覆盖着浓密的黑毛，而且还多长出两只胳膊和两条腿。狐媚子的翅膀很厚实，弯曲成弧形，闪闪发光，很像甲虫的翅膀。狐媚子喜欢寒冷的气候，在北欧和美国随处可见。它们一次可以产下五百枚卵，然后把卵埋起来。这些卵孵化的时间为两至三周。

狐媚子有两排锋利有毒的牙齿。如果被它们咬了，则需要服用解毒药。

DRAGON（火龙）
魔法部分类级别：×××××

在所有的神奇动物中，火龙很可能是最有名也最难藏匿的动物之一。雌火龙的体型一般比雄火龙的大，而且雌火龙比雄火龙更具攻击性。但是不论是雌是雄，除了训练有素、本领高强的巫师外，任何人都不应该接近它们。火龙的皮、血、心、肝和角都具有很强的魔法功能，火龙蛋被列为甲级非贸易商品。

火龙共有十个不同的种类，可是据了解，它们偶尔会相互交配，生出珍稀的杂交品种。纯种火龙如下：

ANTIPODEAN OPALEYE（澳洲蛋白眼）

蛋白眼是一种新西兰土生土长的火龙。据了解，它们在故土的领地变得越来越少的时候，移居到了澳大利亚。与其他火龙相比，这种火龙非同寻常的地方在于它是居住在山谷里而不是山上。它的体型适中（在两至三吨之间）。它也许是所有火龙当中最漂亮的一种，珍珠状的鳞片呈现出彩虹色，闪闪发光，五彩缤纷，眼睛没有瞳仁，因此得名蛋白眼。这种火龙能喷射一种非常鲜艳的红色火焰，但根据火龙的标准，它不特别具有攻击性，除非肚子饿了，很少有杀戮行为。它最喜爱的食物是绵羊，但据了解，它也攻击较大的猎物。二十世纪七十年代后期，曾有大批袋鼠被杀，这是一条雄火龙所为。这条雄火龙因斗不过一条强大的雌火龙被赶离了故土。蛋白眼的卵是灰白色的，粗心大意的麻瓜们会把它们误认作化石。

CHINESE FIREBALL（中国火球）
[有时候被称作狮龙（Liondragon）]

火球是东方唯一的火龙，外表特别醒目。它那光滑的鳞片呈猩红色，脸上长着一只短而翘的鼻子，鼻子周围有一圈金灿灿的流苏状尖刺，眼睛暴突。此种龙因为在被激怒的时候能从鼻孔里喷射出蘑菇状火球，因而得名。它的体重在两至四吨之间，雌火球的身体比雄火球的大。火球的卵呈鲜艳的深红色，上有金色斑点，卵壳在中国巫师界颇受珍视，应用广泛。火球生性好斗，但是和多数火龙相比，它比较能够忍受自己的同胞，有时候甚至愿意和其他一两条火龙共享一块领地。大多数哺乳动物都是火球的美食，但它比较喜欢吃猪和人。

COMMON WELSH GREEN（普通威尔士绿龙）

威尔士绿龙一般将巢穴建在比较高的山上，它们的身体可以和山上茂密的野草很好地混在一起，不易分辨，但是为了保护它们，山上还是建立了保护区。尽管发生过伊尔福勒科姆事件（见引言），这种火龙仍然是所有火龙当中最不爱惹麻烦的一种。像蛋白眼火龙一样，它们喜欢捕猎绵羊为食。除非被激怒，它们总是主动避开人类。威尔士绿龙很容易识别，它们的吼叫声优美动听得令人吃惊。火焰是从它那薄薄的上下颌之间喷出来的。威尔士绿龙的卵是土褐色的，上面有绿色的斑点。

神奇动物在哪里

HEBRIDEAN BLACK（赫布底里群岛黑龙）

赫布底里群岛黑龙是不列颠的另外一种土生土长的火龙，比威尔士绿龙好斗。一条这样的火龙需要一百平方英里的领地。黑龙身长达三十英尺，鳞片粗糙，紫色的眼睛炯炯有神，脊背上有一排不深但却锋利如剃刀的脊隆。它的尾巴顶端是一个尖细的箭头，翅膀像蝙蝠一样。赫布底里群岛黑龙主要以鹿为食，一直以来，人们知道它也偷猎体形较大的狗甚至牛作为食物。在赫布底里群岛居住了好几个世纪的麦克法斯蒂巫师家族一直有管理这些土生土长的火龙的传统。

HUNGARIAN HORNTAIL（匈牙利树蜂）

你不是在开玩笑

匈牙利树蜂大概是所有火龙中最危险的火龙，身上覆盖着黑色的鳞片，外表像蜥蜴。它长着黄色的眼睛，青铜犄角，长尾巴上突出着差不多也是青铜色的尖刺。树蜂是喷火最远的火龙之一（达五十英尺）。它的卵和混凝土的颜色一样，而且特别结实；小龙崽用尾巴击破卵壳，破卵而出，因为它的尾尖在它出生的时候就已发育得很好。匈牙利树蜂以山羊、绵羊为食，但任何时候只要有可能，它也吃人。

~~NORWEGIAN RIDGEBACK~~（挪威脊背龙）小诺伯

挪威脊背龙大多数地方和树蜂相似，尽管它尾巴上没有尖刺，脊背上特别招摇地隆起了一条乌黑脊隆。脊背龙对同类异常好斗，现在是珍稀龙种之一。据了解，它会攻击大多数种类的大型陆地哺乳动物。对一条龙来说，脊背龙非同寻常的地方在于它也吃水中的生物。一个尚未得到证实的报告宣称，1802年，曾有一条脊背龙从挪威海岸卷走了一头鲸崽。脊背龙的卵是黑色的。与其他种类的火龙幼崽相比，脊背龙幼崽的喷火能力发展较早（出生后一至三个月之间）。

PERUVIAN VIPERTOOTH（秘鲁毒牙龙）

秘鲁毒牙龙是已知的所有火龙当中体型最小，但飞行速度最快的 种火龙。秘鲁毒牙龙的体长仅十五英尺左右，鳞片光滑，全身黄铜色，脊背上有一条黑色脊

神奇动物在哪里

隆。秘鲁毒牙龙的犄角不长，长牙有剧毒。毒牙龙很愿意以山羊和奶牛为食，但是它对人也特别喜欢，所以国际巫师联合会被迫在十九世纪末派出屠龙手以减少毒牙龙的数量。在此之前，这个数字一直在以快得惊人的速度增长。

ROMANIAN LONGHORN（罗马尼亚长角龙）

长角龙有深绿色的鳞片，金光闪烁的长犄角。它的犄角可以抵死猎物，然后再将猎物烤熟。这些犄角被碾成粉末之后，具有很高的价值，可作为药剂的原料。长角龙的原产地罗马尼亚现在已经成为世界上最重要的火龙保护区，在那里，世界各国的巫师可以近距离地研究各种各样的火龙。一直以来，长角龙都是集中饲养计划的主要对象，因为人们为了获得它的犄角进行买卖，近年来它的数量急剧减少，现在它的犄角是乙级可贸易商品。

SWEDISH SHORT－SNOUT（瑞典短鼻龙）

瑞典短鼻龙是一种外表格外引人注目的银蓝色火

龙，人们寻求它的皮制作手套和护盾。它鼻孔里喷出的是耀眼的蓝色火焰，可以在瞬息之间将木材和骨头化为灰烬。与大多数火龙相比，尽管短鼻龙喜爱居住在无人居住的荒凉山区，名下的命案较少，可这却没有给它带来更好的名声。

UKRAINIAN IRONBELLY（乌克兰铁肚皮）

乌克兰铁肚皮是世界上体型最大的火龙。据了解，它的体重可达六吨。铁肚皮的身体滚圆，和毒牙龙或者长角龙相比，它飞行的速度较慢，可是它非常非常危险，从空中落地时，可以把住宅压成齑粉。它的鳞片是银灰色，眼睛深红色，爪子特别长，而且有毒。自从1799年一条铁肚皮从黑海中卷走一艘航船以来（幸好是一条空船），它们一直是乌克兰巫师当局的监察对象。

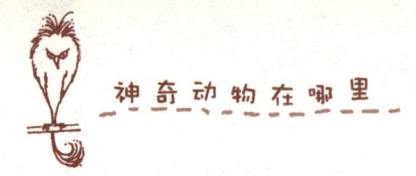

DUGBOG（沼泽挖子）
魔法部分类级别：×××

沼泽挖子是一种生活在沼泽地区的动物，可见于欧洲、美洲大陆。它不动的时候，就像一块木头，可是细细检查以后，你会发现它有爪子，爪子上长着鳍，还有非常锋利的牙齿。它在沼泽中滑行，主要以小型哺乳动物为食，还会对行人的脚脖子造成严重的伤害。然而，沼泽挖子最喜爱的食物还是曼德拉草。据了解，由于沼泽挖子对曼德拉草的关注，种植曼德拉草的人揪住一棵他种植的那宝贝的叶子，往往会发现下面是一团血淋淋、乱糟糟纠结在一起的玩意儿。

ERKLING（恶尔精）
魔法部分类级别：××××

  恶尔精是一种喜欢搞恶作剧的精怪，主要生活在德国的黑森林。它比地精大（平均有三英尺高），尖脸，能发出刺耳的咯咯叫声。小孩一听到这种叫声，就会特别入神。恶尔精会设法引诱小孩离开他们的监护人，然后吃掉他们。然而，最近几个世纪以来，德国魔法部对它们严加控制，大大减少了恶尔精吃人的机会。恶尔精最近一次袭击的人是一个名叫布鲁诺·施密特的六岁小巫师，结果施密特少爷用他父亲那只可以折叠的坩埚狠狠地砸在那个恶尔精的脑袋上，将它砸死了。

神奇动物在哪里

ERUMPENT（毒角兽）
魔法部分类级别：××××

    毒角兽是非洲的一种大型猛兽，身体灰色，本领极高。毒角兽的体重可达一吨，从远处看，人们会把它误认为是犀牛。它的皮很厚，大多数魔咒都对它无可奈何。它的鼻子上有一根锋利的大犄角。它的尾巴像一根长长的绳子。毒角兽一次仅产一只幼崽。

    毒角兽只有被惹急了，才会攻击人。它一旦发动攻击，对方就会大祸临头。毒角兽的犄角能够刺穿一切东西，从皮肤到金属。它的犄角中有一种致命的液体，会让任何被注入了这种毒液的物体爆炸。

    毒角兽数量不多，因为在交配季节，雄毒角兽时常会相互炸掉对方。非洲的巫师在和它们打交道的时候非常谨慎。毒角兽的犄角、尾巴以及爆炸液都可以用在药剂中，它们已被列为乙级可贸易商品（受到严格控制的危险物品）。

FAIRY（仙子）
魔法部分类级别：××

  仙子是一种用作装饰的小动物，智力不高①。仙子时常被巫师们直接用来或者是施了法术后用来作装饰品。它们一般居住在林地中或者森林的空地上。它们的身高一到五英寸不等，长着人的身体、头和四肢，只是很小而已，但是有两只招摇的、昆虫翅膀般的大翅膀。仙子的翅膀，由于种类不同，有透明的，也有五彩缤纷的。

  仙子们魔力不强，但可以抵挡捕猎者，例如卜鸟。它们天性好争吵，但是因为极其爱慕虚荣，所以任何时

---

① 麻瓜们特别喜欢仙子，仙子成了麻瓜们为孩子们所写的各种各样的故事中的主角。这些"仙子故事"讲的是具有显著人性特征的带翅膀的人，而且它们具有像人类一样进行交谈的能力（尽管时常以一种令人作呕的伤感方式）。按照麻瓜们的想象，仙子们居住在花瓣、菌草以及类似的玩意儿做成的小房子里。它们时常被描绘成手拿树枝魔杖的样子。在所有的神奇动物中，仙子在麻瓜中的口碑也许是最好的。

神奇动物在哪里

候叫它们去充当装饰品，它们都很听话。尽管它们有和人一样的外表，却不能说人的语言。它们只能发出刺耳的嗡嗡噪音，与它们的同胞互相交流。

　　仙子将卵产在叶子的背面，一次产卵达五十枚。这些卵经过孵化，会变成色彩亮丽的幼虫。幼虫长到六至十天的时候，就吐丝做茧，一个月后，长着翅膀、身体完全长成的成年仙子就从茧里出来了。

FIRE CRAB（火螃蟹）
魔法部分类级别：×××

　　虽然火螃蟹有这样一个名字，可它却极像一只大乌龟，介壳上镶满了珠宝。在它的故乡斐济，人们为了保护它们，已经在一片海岸上建造了保护区，不仅是为了防备麻瓜——他们也许会受到它们那价值高昂的介壳的诱惑；也为了防备那些无耻的巫师，他们把介壳用作坩埚，像得了宝贝似的。然而，火螃蟹确实有它们自己的防卫方式：当它们受到攻击的时候，它们的屁股会喷出火焰。火螃蟹可当作宠物出口，但是必须有特别许可证才行。

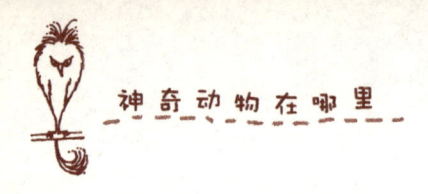

FLOBBERWORM（弗洛伯黏虫）
魔法部分类级别：×

　　弗洛伯黏虫生活在潮湿的沟渠中。它是一种身体粗圆的褐色蠕形动物，体长可达十英寸，不爱动。弗洛伯黏虫身体的两端差别不大，都分泌黏液，它由此而得名。弗洛伯黏虫的黏液有时用来增稠药剂。弗洛伯黏虫偏好的食物是莴苣，但是差不多所有的植物它都吃。

FWOOPER（恶婆鸟）
魔法部分类级别：×××

恶婆鸟是一种产于非洲的鸟儿，长着异常艳丽的羽毛；恶婆鸟可以是橘黄色的、粉红色的、酸橙绿色的或黄色的。恶婆鸟羽毛长期以来一直是精品羽毛笔的好材料。它产下的蛋也是花纹鲜明。尽管恶婆鸟第一眼看上去令人赏心悦目，可它的歌声却最终会让听到的人丧失理智[1]，因此恶婆鸟只有被施上无声无息咒后才可以出售，每过一个月，这种魔咒都需要进行增强。人们必须获得许可证才可以饲养恶婆鸟，因为这种鸟必须认真负责地加以对待。

---

[1] 怪人尤里克曾经有一次试图证明恶婆鸟的鸣叫实际上对人的健康有益，于是他一连听了三个月，从没间断。他把他的发现向巫师议会做了汇报，不幸的是，巫师议会没人相信，因为他来到会议现场的时候什么都没穿，头上只戴了一顶假发，但人们走近了细一查看，发现那顶假发原来是一只死獾。

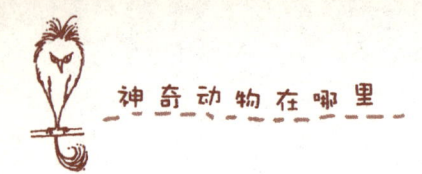

GHOUL（食尸鬼）
魔法部分类级别：××

虽然食尸鬼生得丑陋，但它并不是一种特别危险的怪物。它与有点黏糊糊的、长着獠牙的吃人巨妖长得很相似，一般居住在属于巫师的阁楼上或者谷仓中，吃那儿的蜘蛛和飞蛾。它总是不停地呻吟，偶尔还到处乱扔东西，但基本上头脑简单，最坏也不过是对着那些偶然碰到它的人吼叫一番。神奇生物管理控制司里有一支食尸鬼别动队，他们的任务就是赶走生活在那些已经传到麻瓜手中的住宅里的食尸鬼。但是，在巫师家庭中，食尸鬼时常是他们茶余饭后的话题，甚至会成为全家人的宠物。

GLUMBUMBLE（伤心虫）
魔法部分类级别：×××

　　伤心虫（北欧）是一种全身灰色、毛茸茸的飞虫，能产生一种引人感伤的糖蜜。这种糖蜜可作为一种解毒药，治疗由于吃了一种叫阿里奥特的植物叶子引发的歇斯底里症。据了解，伤心虫一般群居在蜂巢里，对蜂蜜造成灾难性的破坏。伤心虫把巢筑在黑暗隐秘的地方，比如空心树干和洞穴中。它以荨麻为食。

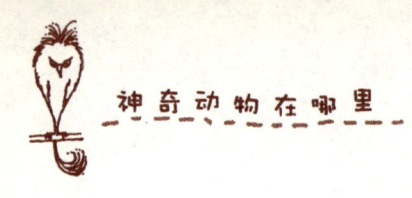

GNOME（地精）
魔法部分类级别：××

地精是分布在北欧和北美各国的一种最普通的有害的花园小动物。它身高可达一英尺，长着一颗与身体比例失调的大脑袋，还有一双骨头突出的结实脚板。人们抓住地精后，将它绕着圈儿旋转，直到把它转晕，然后扔出花园的墙外，这样就可以把它从花园里赶出去。使用土扒貂也是一种办法，可是现在许多巫师发现用这种办法对付地精太残忍。

GRAPHORN（角驼兽）
魔法部分类级别：××××

角驼兽可见于欧洲各地的山区。角驼兽身体庞大，全身紫色，微微泛着点儿灰色。它的脊背隆起，头上长着两支非常锋利的长犄角，用有四个指头的大脚板走路。角驼兽天性极其好斗。人们偶尔可以看到山中巨怪骑在角驼兽身上，企图驯服它们，可是它们似乎打心眼里不乐意。于是，看到巨怪身上满是角驼兽弄的伤疤并不是件奇怪的事情。角驼兽犄角的粉末可用在多种药剂中，但由于它们的犄角很难得到，所以这种粉末极其昂贵。角驼兽的皮甚至比火龙的皮还结实，大多数咒语都对它没有作用。

神奇动物在哪里

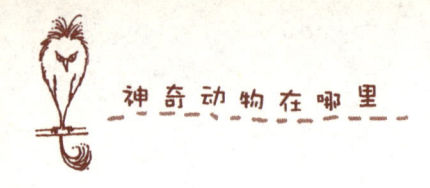

GRIFFIN（狮身鹰首兽）
魔法部分类级别：××××

狮身鹰首兽原产希腊，它长着巨鹰的前腿和脑袋、狮子的躯干和后腿。和斯芬克司一样（见下文），狮身鹰首兽时常被巫师们雇来守护财宝。尽管狮身鹰首兽性情凶猛，但据了解，有好几个技艺高超的巫师和狮身鹰首兽交过朋友。狮身鹰首兽以生肉为食。

GRINDYLOW（格林迪洛）
魔法部分类级别：××

  格林迪洛是一种长着犄角、浑身淡绿色的水中魔鬼，生活在不列颠和爱尔兰各地的湖泊中。它们以小鱼为食，既攻击麻瓜也攻击巫师，可是据了解，人鱼已经把它们驯服了。格林迪洛长着非常长的手指，这些手指尽管抓东西时颇为有力，却很容易折断。

神奇动物在哪里

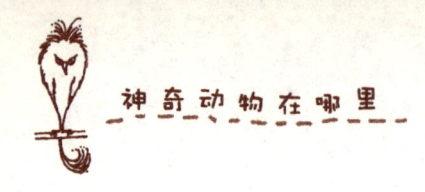

HIPPOCAMPUS（马头鱼尾海怪）
魔法部分类级别：×××

马头鱼尾海怪是原产希腊的大怪物。它长着马的脑袋和前身，尾巴和后身是鱼形。这种怪物在地中海中可以经常见到。1949年，一只非常好看的蓝色沙毛种马头鱼尾海怪被人鱼从苏格兰的海岸掳走，随后便被它们驯服了。马头鱼尾海怪产的卵很大，半透明，透过它可以看到小马头鱼尾海怪。

HIPPOGRIFF

（鹰头马身有翼兽）

魔法部分类级别：×××

鹰头马身有翼兽的故乡在欧洲，现在世界各地都可以见到它们。它们长着巨鹰的脑袋和马的身体。它们能够被驯服，<u>但这只该由专家去尝试。</u>当你接近一只鹰头马身有翼兽时，你必须一直用眼睛一眨不眨地盯着它的眼睛。你必须向它鞠躬，表明你没有恶意。如果它鞠躬还礼，那么你再向它靠近一些，你也不会有什么危险。

鹰头马身有翼兽喜欢掘洞寻找昆虫，但也吃鸟类和小型哺乳动物。繁殖期的鹰头马身有翼兽将巢建在地面上，然后在里面产下一枚孤零零、大而易碎的卵。卵在二十四小时内便可孵化出来。刚出生的鹰头马身有翼兽不到一个星期就能够试着飞行，但要等到它能够陪伴父母踏上遥远的征途，那得是好几个月后的事情。

海格读过这本书吗？

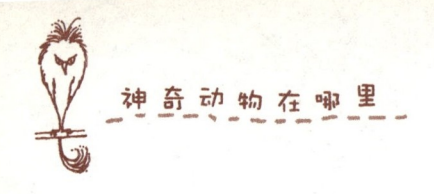

HORKLUMP（霍克拉普）
魔法部分类级别：×

霍克拉普来自斯堪的纳维亚半岛，但是现在已经遍布整个北欧。它长得像一个肉乎乎粉嘟嘟的蘑菇，覆盖着稀稀拉拉直挺挺的黑色鬃毛。霍克拉普繁殖能力旺盛，几天的工夫就会把一座不大不小的花园覆盖得严严实实。它把它那结实的触须，而不是根茎伸展到地下，寻找它喜欢的食物——蚯蚓。霍克拉普是地精的美味佳肴，除此之外，还没发现它有什么其他用途。

IMP（小魔鬼）
魔法部分类级别：××

　　小魔鬼仅在不列颠和爱尔兰两地可以见到。人们有时候会把它们与小精灵混淆起来。小魔鬼和小精灵的身高一般差别不大（在六至八英寸之间），但是小魔鬼不像小精灵那样会飞行，也没有它们那么色彩鲜艳（小魔鬼的颜色通常比较黯淡，从深褐色到黑色的都有）。然而，它们有一种类似表演闹剧的幽默感。它们喜欢生活在潮湿松软的环境中。人们在河岸附近经常可以见到它们。它们为了寻开心，便把那些粗心大意的行人绊倒。小魔鬼吃小昆虫，和仙子的繁殖习惯非常相似，但它们不吐丝结茧；小魔鬼崽孵化出来的时候，身体已经完全发育成熟，大约有一英寸长。

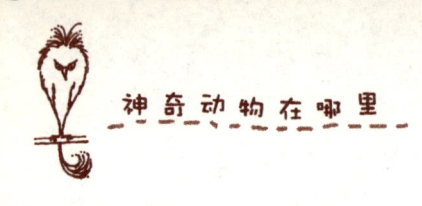

JARVEY（土扒貂）
魔法部分类级别：×××

土扒貂可见于不列颠、爱尔兰和北美地区。它在大多数方面与一只长得过大的雪貂相似，只是有一点，它会说话。然而，土扒貂的智力还是做不到真正的交谈，它往往只会连珠炮似的说几句简短（而且时常很粗鲁）的话。土扒貂大部分时间生活在地下，追逐地精，但也吃鼹鼠、老鼠和田鼠。

JOBBERKNOLL（绝音鸟）
魔法部分类级别：××

　　绝音鸟（北欧和美洲）是一种身上有斑点的蓝色小鸟，吃小昆虫。它一生一世不鸣叫一声，直到死亡来临的那一刹那，它才发出一声长长的尖鸣，叫出它一生听到过的各种声音，从最近听到的声音开始。绝音鸟的羽毛可用在吐真剂和回忆剂当中。

神奇动物在哪里

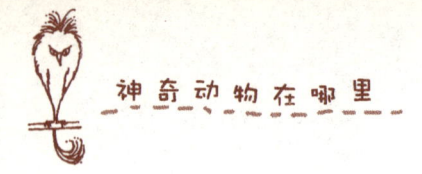

KAPPA（卡巴）

魔法部分类级别：××××

斯内普也没有读过这本书

卡巴是一种日本的水怪，居住在不深的池塘和河流中。人们常说卡巴看上去像一只猴子，只是浑身长着鱼鳞而非皮毛。它的脑顶上有一个空洞，里面可以盛水。

卡巴主要吸食人血，但是如果谁向它扔一根刻着自己名字的黄瓜，它也许就不会伤害他。如果一个巫师和卡巴针锋相对地干上了，他应该诱骗卡巴向他鞠躬——如果它这么做，它头顶上空洞里的水就会流出来，这会让它失去所有的力气。

KELPIE（马形水怪）
魔法部分类级别：××××

这种英国和爱尔兰的水怪能够变出各种各样的形状，可它最常以马的形状出现，披着宽叶香蒲草充当鬃毛。它引诱粗心大意的人骑到它的背上，然后一头扎进河流或湖泊的水底，狼吞虎咽地把人吃掉，让人的五脏六腑漂到水面上。战胜马形水怪的正确方法就是使用放置咒把一个马笼头套到它的脑袋上，然后它就会变得温顺听话，不再对你构成威胁。

世界上最大的马形水怪是在苏格兰的尼斯湖中发现的。马形水怪最喜爱的形象是海蛇（见下文）。国际巫师联合会的观察员曾经看到这样一个场面：在一队麻瓜调查人员靠近一条海蛇的时候，他们看见它变成了一只水獭，等到海岸上的人走光之后，它又变成了一条蛇。

神奇动物在哪里

于是巫师观察员们意识到,那些麻瓜调查员对付的不是一条真正的海蛇。

KNARL（刺佬儿）
魔法部分类级别：×××

刺佬儿（北欧和美洲）通常被麻瓜们误认为是一只刺猬。这两种动物实际上很难区分，唯在行为上有一点重要的差异：如果把食物摆在花园里让刺猬吃，它会接受并好好享受这份礼物；如果向刺佬儿提供食物，它会以为那是住在房子里的人设的陷阱，试图引诱它，它就会糟蹋他的花园或那些装点花园的东西。一只刺佬儿受到冒犯后，会大肆毁坏花园，可很多麻瓜孩子却无辜受到指责，成了替罪羊。

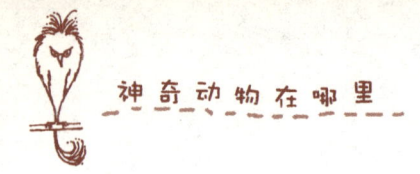

KNEAZLE（猫狸子）
魔法部分类级别：×××

　　猫狸子最早是在不列颠培育出来的，可是现在它已经出口到世界各地。它是一种长得像猫的小动物，皮毛上有各种斑点，耳朵特别大，尾巴像狮子的尾巴。猫狸子很聪明，独来独往，偶尔也攻击人，可它一旦喜欢上哪个巫师，它就会成为他的一个了不起的宠物。猫狸子有一种不可思议的能力，即可以探察出谁是品德败坏或者可疑的人。如果它的主人迷路了，它可以领着他安全地回到家中。猫狸子一窝可产八个小崽，能跟猫杂交。由于猫狸子的外表非同寻常，容易引起麻瓜们的兴趣，因此要想拥有它，就必须先获得许可证（与燕尾狗和恶婆鸟的情况一样）。

LEPRECHAUN（小矮妖）

[有时候称作克劳瑞科恩（Clauricorn）]

魔法部分类级别：×××

小矮妖是一种比仙子聪明，比小魔鬼、小精灵或者狐媚子善良的妖精，可是也很顽皮捣蛋。它只在爱尔兰可以见到。它们的身高可长到六英寸，全身绿色。据了解，它们会用叶子制作简单的衣服。在所有的"小人"当中，小矮妖是很特别的，它们会说人类的语言，但却从来没有提出要求把它们划归为"人"。小矮妖的幼崽是胎生的。小矮妖主要生活在森林中和其他有林木的地区。它们喜欢引起麻瓜们的注意，结果成了麻瓜儿童文学作品中的主角，和仙子们在其中的地位不相上下。小矮妖会生产一种实实在在的金子一样的物质，但几个小时后，这些玩意儿便消失得无影无踪，这让它们开心极了。小矮妖吃植物的叶子，而且，虽然它们有搞恶作剧的坏名声，可人们知道，它们从来没有做过对人类造成长期危害的事情。

可我不开心

罗恩·韦斯莱

神奇动物在哪里

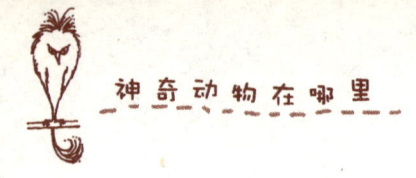

LETHIFOLD（伏地蝠）
[也称作活尸布（Living Shroud）]
魔法部分类级别：×××××

伏地蝠是一种稀有的生物，谢天谢地，我们只在热带地区可以见到。它看上去像一件黑色的斗篷，也许只有半英寸厚（如果它最近杀死并且消化了一个牺牲品，它就会厚一些），夜晚的时候贴着地面滑行。我们关于伏地蝠的最早描述是由一个叫弗莱维·波比的巫师记录下来的。他很幸运，1782年，他在巴布亚新几内亚度假的时候，受到了伏地蝠的攻击，可竟然活了下来。

凌晨近一点钟，我终于开始觉得有了一点儿倦意，这时我听见不远处传来一阵轻微的瑟瑟声。我认为那只不过是屋外树叶的响声，于是我在床上翻了一个身，背对着窗户，但一眼看见一个无形的黑色影子从我卧室的门下面滑了进来。我一动不动地躺在床上，迷迷糊糊地想弄明白是什么东西在这间只有月光照进来的房间里造成了这样一个影子。毫无疑问，我这么一动不动地躺着只能让那个影子认为，它的这个准牺牲品正在熟睡当中。

使我觉得恐怖的是，那个影子开始向床上爬，我感到身上稍微有了一点重量。它只不过像一件飘动的黑色披风；它游动着爬上床向我爬来，它的边沿扑扇着。我吓得瘫软无力，它在我的下巴上轻轻摸着，我觉得它冷冰冰潮腻腻的，我唰地一下坐直了身子。

那东西不容分说滑到我的脸上，捂住了我的嘴巴和鼻子，试图闷死我，但我仍然挣扎着，觉得全身始终裹在它那冰冷的寒气之中。我无法喊叫求救，我摸索着寻找魔杖。由于那东西把我的脸封得严严实实，我觉得晕晕乎乎的，连吸一口气也不行了，但我使尽全力，集中心思一心想着昏倒咒，然后——这个魔咒没有制服那个怪物，只是把我卧室的门炸了一个窟窿——想障碍咒，可它同样无济于事。我仍然疯狂地挣扎着，在床上滚来滚去，最后重重地摔在地板上。我已经完全被伏地蝠裹住了。

我知道我快要完全失去知觉了，因为我觉得窒息。绝望之余，我攒足了我最后保留的一点力气。

神奇动物在哪里

我拔出魔杖，插进了那个怪物的致命褶皱里，一边回忆着那天我被选为当地的高布石俱乐部主席时的情形，我使出了守护神咒。

几乎就在同时，我感到新鲜空气迎面扑来。我向上一看，只见那个致命的影子被我的守护神的角抛向了空中。它飞向房间对面，迅速滑走不见了。

正如波比如此戏剧化揭示的一样，守护神咒是已知的唯一能够驱逐伏地蝠的咒语。由于伏地蝠通常袭击的都是在睡觉的人，所以那些牺牲者很少有机会使出魔法来对付它。一旦它的猎物被成功地窒息死了，伏地蝠就当场在床上吃掉它的猎物。随后它爬出房子的时候，就会变得比刚才厚一些胖一些，可身后竟不留下一丁点儿它自己或者它的牺牲品的痕迹[1]。

---

[1] 受伏地蝠之害的人数几乎不可能统计出来，因为它身后不会留下一点儿线索表明它曾出现过。比较容易统计的是那些为了他们自己无耻的目的，假装已被伏地蝠杀死的巫师数量。这种欺骗行为的最近一例发生在1973年。当时，巫师贾纳斯·蒂凯失踪了，只留下一张匆匆写好的条子，放在床头小几上，上面写着："噢，不，一只伏地蝠抓住了我，我喘不过气来了。"他的妻子和孩子们看着干干净净、空荡荡的床，相信确实有一个那样的怪物杀死了贾纳斯，于是过了一段伤心的日子。可后来这一伤心的日子被打断了，因为人们发现贾纳斯正和绿火龙旅店的女主人生活在五英里之外。

LOBALUG（洛巴虫）
魔法部分类级别：×××

洛巴虫可见于北海海底。它是一种结构简单的动物，长十英寸，由一个富有弹性的喷嘴和一个毒液囊组成。洛巴虫受到威胁的时候，就会收缩毒囊，用毒液轰赶攻击者。人鱼使用洛巴虫做武器。据了解，巫师一直提取它的毒液用在药剂当中，可是这种做法现在受到严格限制。

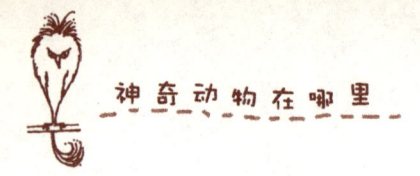

MACKLED MALACLAW
（软爪陆虾）
魔法部分类级别：×××

  软爪陆虾是一种陆地动物，主要活动在欧洲多岩石的海岸。虽然它的长相非常像龙虾，但人们决不可以吃它，因为它的肉不易消化，会引起高烧，还会叫人出难看的绿疹子。

  软爪陆虾可以长到十二英寸，身体淡灰色，上有墨绿色斑点。它吃小型甲壳纲动物，也会设法对付那些较大的猎物。一旦被软爪陆虾咬伤，它的受害者就要承受它的咬伤带来的非同寻常的副作用：一个星期内，它的受害者会处处碰壁，倒霉透顶。如果你被一只软爪陆虾咬伤，你要取消你所有的赌博和投机生意，因为这些活动肯定对你这个受害者不利。

MANTICORE
（人头狮身蝎尾兽）
魔法部分类级别：×××××

  人头狮身蝎尾兽是产于希腊的一种极度危险的动物，长着人的脑袋、狮子的躯干和蝎子的尾巴。人头狮身蝎尾兽和客迈拉兽一样危险，也一样稀罕，以吞噬猎物时发出轻轻的哼唱而名声大噪。人头狮身蝎尾兽的皮几乎排斥所有已知的咒语。任何人被它蜇一下，都会当即毙命。

神奇动物在哪里

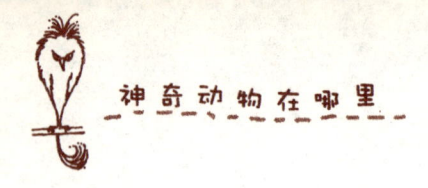

MERPEOPLE（人鱼）

［也称作塞壬（Siren）、塞尔基（Selkies）和麦罗（Merrows）］

魔法部分类级别：××××①

人鱼在世界各地都有，可它们的外表千姿百态，几乎和人类的相貌一样多。它们的生活习惯、习俗和马人一样，对我们来说是一团迷雾，尽管那些掌握了人鱼语言的巫师说，人鱼根据它们栖居的地方不同，形成了大小不等、组织极其良好的团体，有一些还精心建造了住宅。像马人一样，人鱼也曾谢绝了"人"的地位，而选择了"动物"身份（见引言）。

最早记载的人鱼被称作塞壬（希腊）。我们发现麻瓜们的文学作品和绘画中十分频繁地描写到的那些美丽的人鱼都生活在比较温暖的水域当中。苏格兰的塞

---

① 见马人的分类脚注。

尔基和爱尔兰的麦罗的长相没那么好看,但是它们和其他人鱼一样,喜欢音乐,这是人鱼最普遍的爱好。

(丑陋)

神奇动物在哪里

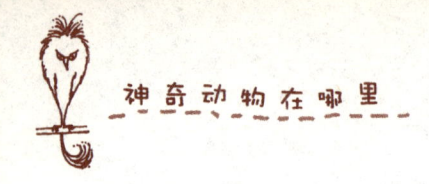

MOKE（变形蜥蜴）
魔法部分类级别：×××

    变形蜥蜴是一种银绿色的蜥蜴类动物，体长达十英寸，可见于不列颠和爱尔兰各地。它有随意收缩身体的能力，因此从来没被麻瓜们发现过。

    变形蜥蜴皮在巫师当中备受珍视，可用来做钱袋和钱包，因为用这种多鳞的材料做的钱袋和钱包在有陌生人接近的时候会收缩，就像变形蜥蜴一样；因此，小偷很难找到变形蜥蜴皮做的钱袋。

MOONCALF（月痴兽）
魔法部分类级别：××

月痴兽是一种非常腼腆的动物，只是在月圆的晚上才从洞穴里出来。它的身体淡灰色，滑溜溜的，头顶上鼓着两只圆圆的眼睛。它还有四条细长的瘦腿，四只扁平的大脚板。月痴兽从洞穴里出来后，会在偏僻无人的地方，沐浴着月光，用两条后腿表演复杂的舞蹈。人们认为，它的这些活动是交配前的序曲（而且会在麦田里留下复杂的几何图案，这让麻瓜们极为迷惑不解）。

月光下，月痴兽的舞姿非常迷人，看到它的人时常有所收获，因为如果在日出之前把它那银色的粪便收集起来，以后再撒到魔法药草圃和花坛上，植物就会长得飞快，而且长得极其茁壮。世界各地都可见到月痴兽。

神奇动物在哪里

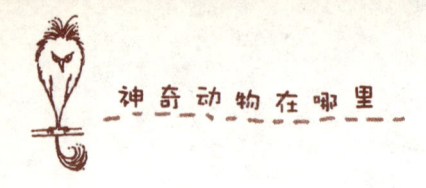

MURTLAP（莫特拉鼠）
魔法部分类级别：×××

  莫特拉鼠是一种长相与老鼠相似的动物，生活在不列颠沿海地区。它的背上有一个海葵状的肿瘤。把这些莫特拉肿瘤腌制后吃掉，它会增强你对恶咒和厄运的抵御力，可是过量食用会导致耳边生出难看的紫色头发。莫特拉鼠吃甲壳纲动物，以及那些踩到它身上的蠢蛋的脚。

NIFFLER（嗅嗅）
魔法部分类级别：×××

　　嗅嗅是不列颠一种会掘地的动物。这种动物全身覆盖着黑色绒毛，鼻吻较长，对一切闪闪发光的东西都特别偏爱。妖精们经常饲养嗅嗅来挖掘地下深处的财宝。虽然嗅嗅性格温和，甚至对你温情脉脉，但它对你的财物会造成破坏，所以千万别养在家中。嗅嗅生活在自己的巢穴中，一般在地下二十英尺的地方，一窝产崽六至八只。

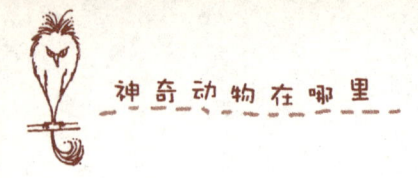

NOGTAIL（矮猪怪）
魔法部分类级别：×××

矮猪怪是一种生活在欧洲、俄罗斯和美国乡村的恶魔。它长得像发育不良的小猪，长长的腿，粗短的尾巴，眯缝的黑眼睛。矮猪怪会偷偷地跑进猪圈，和小猪崽一起吃母猪的奶。如果长时间没被察觉，矮猪怪就会长大，时间越长，长得越大，它所进入的那个农场遭到的破坏就越惨。

矮猪怪的行动尤其迅速，很难被抓住，可是一旦被一只纯毛白狗赶出农场，它就再也不会回来。神奇生物管理控制司（害虫分所）为此饲养了十来只患有白化病的大猎狗。

NUNDU（囊毒豹）
魔法部分类级别：×××××

  这种产于东非的野兽大概是世界上最危险的动物。囊毒豹是一种体型庞大的豹子，它尽管身体庞大，但行动时却悄无声息。它呼出的气息会引起致命的疾病，足以毁灭整个村庄。要想制服一只囊毒豹，得需要一百多个熟练的巫师联手。

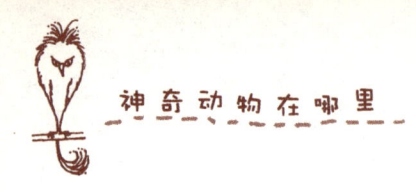

OCCAMY（鸟蛇）
魔法部分类级别：××××

在远东和印度，人们都可以见到鸟蛇。它是一种有翅膀的两条腿动物，长着蛇的身体，身上有羽毛，体长可达十五英尺。鸟蛇主要以老鼠和鸟类作为食物，可是据了解，它还掳走过猴子。鸟蛇会攻击所有靠近它的人，特别是在它为了保护卵的情况下；它的卵壳像是用最纯最软的银子制作的。

PHOENIX（凤凰）
魔法部分类级别：××××①

凤凰是一种华贵的、鲜红色的鸟，体形大小与天鹅相似，有一根金光闪闪的长尾巴，喙和爪子也很长，金灿灿的。凤凰一般将巢筑在高山顶上，在埃及、印度和中国都可以见到凤凰。凤凰的寿命极长，因为它能再生。它的身体开始衰竭的时候，它就扑进烈火中，一只小凤凰就会从灰烬中重新飞出来。凤凰是一种性情温和的动物，据了解，它从不伤人，只吃药草。像球遁鸟（见上文）一样，凤凰能够随意消失和再现。凤凰的歌声具有魔力：普遍认为它能为心地纯洁的人增强勇气，为内心肮脏的人释放恐惧。凤凰的眼泪具有很强的治疗功效。

---

① 凤凰获得××××等级，不是因为它具有很强的攻击性，而是因为很少有巫师成功地驯服它。

神奇动物在哪里

PIXIE（小精灵）

魔法部分类级别：××× 但如果你是洛哈特
　　　　　　　　　它就属于××××××××级别

　　小精灵多见于英格兰的康沃尔郡。它们全身铁青色，身高可长到八英寸，非常顽皮，喜欢耍弄各种各样的鬼把戏，搞五花八门的恶作剧。虽然它们没有翅膀，可它们能飞行。据了解，它们会揪住那些没有防备的人的耳朵把人提起来，然后把他们扔到树梢和屋顶上。小精灵能发出刺耳的叽叽喳喳声，只有其他小精灵才能够领会它的意思。小精灵是胎生动物。

PLIMPY（彩球鱼）
魔法部分类级别：×××

彩球鱼是一种身上有花斑的球形鱼。跟其他的鱼相比，它最大的不同在于，它有两条长腿，腿上长着带蹼的脚。它栖息在深水湖泊中，在湖底巡行寻找食物，特别喜欢水蜗牛。彩球鱼不是特别危险，可是它会啃咬游泳者的脚和衣服。人鱼把彩球鱼当作祸害，对付它的办法就是将它那细长结实的腿打成结，它就会顺水漂流而去，连方向都不能掌握，直到它自己将结解开了才能回来，可这也许需要几个小时。

神奇动物在哪里

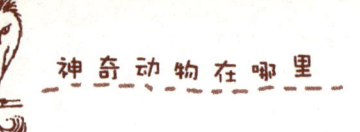

POGREBIN（大头毛怪）
魔法部分类级别：×××

大头毛怪是俄罗斯的一种恶魔，身上毛乎乎的，尽管只有一英尺高，却有一个光溜溜的灰色大脑袋。大头毛怪伏在地上的时候，看上去就像一块又亮又圆的大石头。大头毛怪对人很感兴趣，喜欢跟在人的后面，待在他们的影子里。一旦影子的主人转身，它就赶忙伏在地上。如果听任一个大头毛怪一连好几个小时跟在一个人的后面，这个人的心头就会袭上一阵强烈的徒劳感，最终会进入一种昏昏欲睡的绝望状态。当大头毛怪的牺牲品收住脚步，跪倒在地，为这毫无意义的一切哭泣时，大头毛怪就会跳到他身上，试图把他吞噬掉。然而，使用简单的魔法或昏倒咒就可轻而易举地把大头毛怪驱走。人们发现用脚踢它也是一个有效的办法。

PORLOCK（庞洛克）
魔法部分类级别：××

　　庞洛克是一种守护马的动物，可见于英格兰的多塞特郡以及爱尔兰的南部。它全身覆盖着粗软的毛，脑袋上有大量结实的鬃发，鼻子大得出奇。它是偶蹄动物，用两条腿走路。它的两只胳膊很小，末端是四根粗短的手指。成年的庞洛克大约有两英尺高，以草作为食物。

　　庞洛克生性腼腆，生活的目的就是为了护马。人们会看见它蜷缩在马厩中的干草上，或者躲在受它保护的那些牲口当中。庞洛克不信任人类，有人走近的时候，它们总要躲起来。

神奇动物在哪里

> 我曾经弄到过一只，它怎么样了呢？
> 弗雷德把它当作游走球玩了

PUFFSKEIN（蒲绒绒）

魔法部分类级别：××

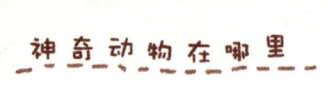

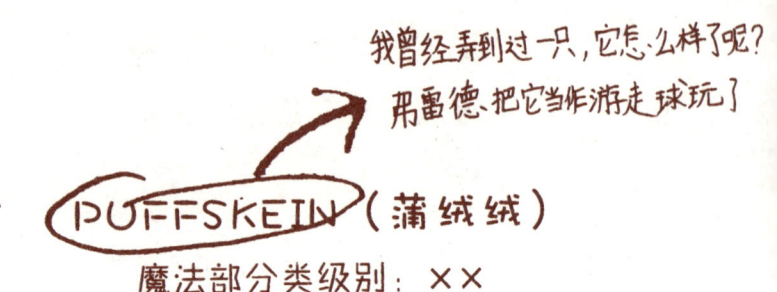

蒲绒绒在世界各地都可以见到。它的身体像一个圆球，上面覆盖着奶黄色的软毛。蒲绒绒性格温顺，任你搂抱，或者扔来扔去，它都无动于衷。它照料起来很容易，满意的时候还会低低地哼上一段。它的身体中间时不时地会冒出一条十分细长的粉红色舌头，像蛇一样在房间里伸来吐去，寻找食物。蒲绒绒是一种食腐动物，吃剩菜剩饭，乃至蜘蛛等所有一切东西，但是它特别喜欢向上伸出舌头，钻进睡觉的巫师的鼻子里，吃他们的干鼻屎。蒲绒绒这一癖好使得它们深受一代代巫师儿童的喜爱，现在它们仍然是巫师们大受欢迎的宠物。

QUINTAPED（五足怪）

[也称作毛麦克布恩（Hairy MacBoon）]
魔法部分类级别：×××××

五足怪是一种高度危险的食肉动物，对人类有特别的嗜好。它的身体紧挨着地面，上面覆盖着厚厚的红棕色毛发，五条腿上也是这种毛发，每条腿的末端长着一只畸形脚。五足怪只在苏格兰最北端的德利亚岛上可以见到。由于德利亚岛上有五足怪，所以这个岛在地图上一直没被标绘出来。

传说德利亚岛上曾住着两户巫师家庭，麦克利沃一家和麦克布恩一家。一次酒后，麦克利沃一派的首领杜格德和麦克布恩一派的头儿金特斯进行了一场决斗，结果杜格德毙命。为了报仇，一伙姓麦克利沃的人在一天夜里包围了麦克布恩的住宅，使用变形咒把所有姓麦克布恩的人一个不落地变成了一种五足怪物。麦克利沃意识到，那些麦克布恩变形后的怪物无疑更加危险，可一切都太迟了（麦克布恩用起魔法来太笨，笨得出了名）。此外，那些麦克布恩抵制所有试图把它们变成人形的尝试。那些怪物杀尽了麦克利沃家的人，直到岛上一个人也没剩下。到了这时，麦克布恩怪物才意识到，没有人挥动魔杖，它们只能永远是那个样子了。

　　这个传说是真是假已无从知道。麦克利沃和麦克布恩两家都没有幸存者来告诉我们，他们的祖先曾遇到过什么事情。五足怪不会说话，而且一直坚决抵制神奇生物管理控制司捕捉样品以及设法把它们恢复原形的所有尝试，所以我们必须假设，如果它们就像它们的绰号所暗示的，确实是毛麦克布恩，它们一定非常乐意当一辈子动物。

RAMORA（拉莫拉鱼）
魔法部分类级别：××

拉莫拉鱼是一种银色的鱼，印度洋里可以找到。它有很强的魔力，能够固定住海船，是水手的守卫。拉莫拉鱼受到国际巫师联合会的高度评价，联合会已经适时地制定了多项法律，保护拉莫拉鱼不受巫师的非法捕捉。

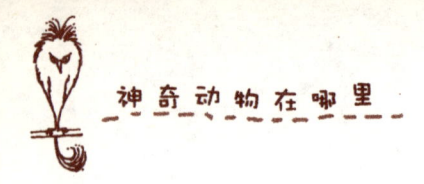

RED CAP（红帽子）
魔法部分类级别：×××

这种侏儒一样的动物生活在古战场的地洞中或者染过人血的地方。虽然用咒语或者魔法很容易将它们驱走，但是它们对落单的麻瓜来说，还是非常危险的，它们会在漆黑的夜晚设法用大棒把他打死。红帽子在北欧极其普遍。

RE'EM（瑞埃姆牛）
魔法部分类级别：××××

　　瑞埃姆牛是一种极为稀有的巨型牛，皮毛金光闪闪，可见于北美和远东一带的荒野中。任何人只要喝了瑞埃姆牛的血，气力就会大增。但是，瑞埃姆牛血很难弄到，因此供应量很小，公开的市场上很少有售。

RUNESPOOR（如尼纹蛇）
魔法部分类级别：××××

如尼纹蛇原产非洲小国布基纳法索。它是一种三个脑袋的大蛇，身体通常达六七英尺长。如尼纹蛇的身体呈发灰的橘黄色，上带黑色条纹，一眼就能看出它在哪里，所以布基纳法索的魔法部特地在地图上没将某些森林标出来，好供如尼纹蛇专门使用。

虽然如尼纹蛇本身并不是一种特别狠毒的动物，但它一度是黑巫师们心爱的宠物，无疑是因为他们喜爱它那招眼而吓人的外表。我们对如尼纹蛇奇特的习性能有所了解得归功于一些蛇佬腔，他们饲养过这些大蛇，还和它们交谈过，并做了文字记录。从他们的记录中我们得知，如尼纹蛇的三个脑袋各有不同的作用。左边的脑袋（从面对如尼纹蛇的巫师左手起）是一个策划者。它决定如尼纹蛇应该去哪儿以及下一步应该做什么。中间的那个脑袋是一个梦游者（如尼纹蛇可能会一连好几天待在一个地方一动不动，沉湎在辉煌灿烂的憧憬和幻想之中）。右边的脑袋是一个批评家，会连续不断地发出急躁的嘶嘶声，对左边和中间的脑袋作出的努力进行评价。如尼纹蛇右边嘴里的牙有剧毒。如尼纹蛇很少有长命的，因为它的三个脑袋会相互袭击。人们经常见到如尼纹蛇右边的脑袋不见了，这是由于另外两个脑袋已经联手把它咬掉了。

如尼纹蛇从嘴巴里产卵，是人们所知道的唯一一种如此产卵的神奇动物。那些卵价值连城，可制作药剂，激发大脑的反应。好几个世纪以来，买卖如尼纹蛇和这种蛇卵的黑市一直非常兴隆。

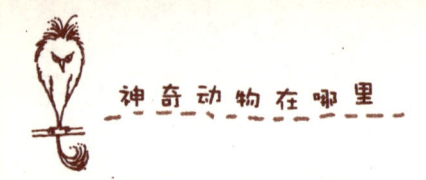

SALAMANDER（火蜥蜴）
魔法部分类级别：×××

　　火蜥蜴是一种生活在火焰中的小蜥蜴，以火焰作为食物。它在火焰中显出形来，外表洁白耀眼，但随着火焰发出热量的变化，会呈现出蓝色或鲜红色。

　　火蜥蜴离开火焰后，如果定时喂给它胡椒，最多可活六个小时。火蜥蜴来于火焰，死于火焰，只要那火焰不灭，它就会继续活下去。火蜥蜴的血具有高效的治疗和康复功能。

SEA SERPENT（海蛇）
魔法部分类级别：×××

  大西洋、太平洋和地中海中都可以见到海蛇。虽然它们的外表挺吓人的，但是人们知道，它们从来没有杀害过任何人，不过麻瓜们异想天开地记述过它们的残暴行为。海蛇的身体可长到一百英尺，脑袋像马的脑袋，长长的蛇身经常拱出海面。

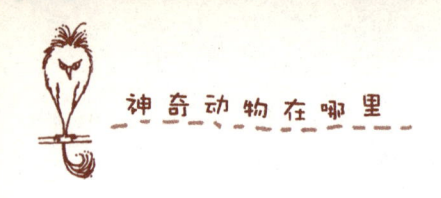

SHRAKE（希拉克鱼）
魔法部分类级别：×××

　　希拉克鱼是一种全身覆盖着鳍刺的鱼，可见于大西洋中。人们认为希拉克鱼最初是巫师们为了报复麻瓜渔民而创造出来的，那些渔民曾在十九世纪初侮辱过一队出海航行的巫师。从那天起，凡是在那一片特别的海域捕鱼的麻瓜总是发现他们的渔网被撕破，网中空空，不见一条鱼，因为希拉克鱼正在下面的深水中游来游去。

SNIDGET（金飞侠）
魔法部分类级别：××××①

金色的飞侠是一种极为珍稀、受到特别保护的鸟儿。它的身体滚圆滚圆的，嘴巴特别细长，一双红宝石似的眼睛闪闪发亮。金飞侠是一种极为神速的飞鸟，能以一种不可思议的速度和技巧改变飞行方向，这是因为它翅膀的关节可以灵活转动。

金飞侠的羽毛和眼睛特别珍贵，所以它曾一度有被巫师捕杀灭绝的危险。这种危险局面被及时意识到了，金飞侠成了保护品种，最值得注意的事例就是在魁地奇比赛中用金色飞贼代替了金飞侠②。世界各地都建立了金飞侠禁猎区。

---

① 金飞侠获得××××分类级别，不是因为它危险，而是因为人们捕捉或伤害它时所受到的严厉惩罚。
② 凡是对金飞侠在魁地奇运动发展中所起的作用感兴趣的人，都该去查阅由肯尼沃思·惠斯普著的《神奇的魁地奇球》（惠滋·哈德图书公司，1952年）一书。

神奇动物在哪里

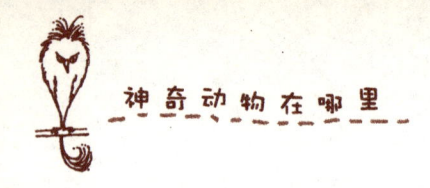

SPHINX（斯芬克司）
魔法部分类级别：××××

埃及的斯芬克司是一种人头狮身动物。一千多年来，它一直被巫师们用来守护他们的珍贵物品和秘密处所。斯芬克司是一种非常聪明的动物，喜欢谜语和字谜。它通常只是在它看守的东西受到威胁时才变得很危险。

STREELER（变色巨螺）
魔法部分类级别：×××

变色巨螺是一种体型巨大的蜗牛，每隔一个小时它的身体就改变一种颜色。它爬过的地方，身后总留下一条毒性剧烈的污痕，只要它从植物上经过，这些植物就会变枯燃烧起来。变色巨螺是非洲几个国家土生土长的动物，不过欧洲、亚洲和美洲的巫师们已经饲养得很成功。那些喜欢它身体万花筒似的变换颜色的人把它当作宠物饲养。它的毒液是人们已知的少数几种能够杀死霍克拉普的物质之一。

神奇动物在哪里

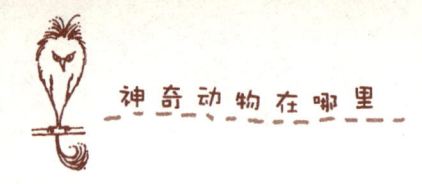

TEBO（特波疣猪）
魔法部分类级别：××××

  特波疣猪是一种淡灰色的疣猪，可见于刚果和扎伊尔。它有隐形的本事，这使人很难躲开或是抓住它，所以它非常危险。特波疣猪的皮极受巫师们的珍视，因为它可以用来做护盾和护身衣。

我的妹妹叫梅酱大。高尔夫巨大。我身上有怪味

TROLL（巨怪）

魔法部分类级别：××××

巨怪是一种身高达十二英尺、体重达一吨有余的可怕怪物。巨怪力大无穷，但又愚蠢透顶，这两方面都颇负盛名。它时常施暴，而且不知道什么时候就会无缘无故地动手。巨怪原产斯堪的纳维亚半岛，但是近来英国、爱尔兰和北欧其他地方也可见到。

巨怪交谈时发出哼哧哼哧的声音，似乎是一种粗鲁的语言，但是人们知道其中有一些巨怪能够理解甚至能说几句简单的人类语言。人们已经将它们当中有些比较聪明的经过训练后充当守卫。

巨怪有三类：山怪、林怪和水怪。山怪是体型最大最危险的巨怪。它的脑袋光秃秃的，身上的皮肤呈淡灰色。林怪的皮肤呈淡绿色，有些家伙身上有细毛，呈绿色或者褐色，乱蓬蓬的。水怪长着短犄角，或许还有毛。它的皮肤有点儿发紫，人们时常发现它潜伏在桥下面。巨怪吃生肉，对猎物不挑剔，从野生动物到人，都是它猎获的对象。

UNICORN（独角兽）
魔法部分类级别：××××①

　　独角兽是一种漂亮的动物，可见于北欧的森林中。身体完全长成的独角兽是一种毛色纯白、长着犄角的马，但是小独角兽开始的时候是金色的，在发育成熟前变成银白色。

　　独角兽的犄角、血和毛都具有很强的魔法功效②。它一般避免和人类接触，很可能更愿意让女巫而不是男巫接近它，而且奔跑起来非常迅速，捕获它非常困难。

---

① 见马人分类级别的脚注。
② 像仙子一样，独角兽已经得到麻瓜们良好的评价——在这一方面是公正的。

神奇动物在哪里

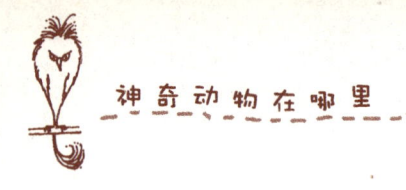

WEREWOLF（狼人）并不都是坏蛋
魔法部分类级别：×××××[①]

世界各地都可以见到狼人，可人们认为它原产北欧。人只有被狼人咬了才会变成狼人。目前人们还不知道有什么治疗办法，但近来随着药剂制造业的发展，已经在很大程度上缓解了最糟糕的症状。遭受折磨的巫师或麻瓜虽然在其他情况下是正常理智的人，但每月一次，到了月圆的时候，都会变形为一只凶猛残忍的危险动物。狼人差不多是神奇动物中独一无二的，它积极寻找的猎物是人，比对其他任何种类的猎物更加偏爱。

[①] 当然，这种分类是指狼人处在变形的状态。在月圆之前，狼人和其他任何人一样，没有危害。有一段令人心碎的记述描写了一个巫师和一条人变成的狼之间进行的一场决斗，见一位匿名作者所著的经典作品《毛鼻子，人类心》（惠滋·哈德图书公司，1975年）。

WINGED HORSE（飞马）
魔法部分类级别：××—××××

　　世界各地都有飞马存在。飞马有很多不同的品种，其中包括神符（一种极为强壮、体型巨大的银鬃马）、伊瑟龙（一种鬃毛栗色的飞马，在英国和爱尔兰很普遍）、格拉灵（一种身体灰色，行动特别迅速的飞马）和稀有的夜骐（一种黑色的具有隐形本领的飞马，被很多巫师认为是不祥之物）。像鹰头马身有翼兽一样，人们要求拥有飞马的人每隔一段时间对飞马施一次幻身咒（见引言）。

神奇动物在哪里

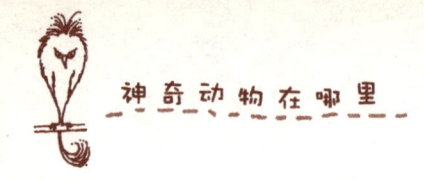

YETI（雪人）

[也称作大脚板（Bigfoot）、喜马拉雅雪人（Abominable Snowman）]

魔法部分类级别：××××

    雪人是西藏土生土长的动物，人们认为它和巨怪之间有一种必然的联系，可是还没有人能靠近这种动物进行必要的测试。雪人身高可达十五英尺，从头到脚披着纯白的毛发。在它行走的时候，任何离群的东西撞到它都会被它吞食掉，可是它害怕火，有本事的巫师也许可以驱走它。

三查德理火炮队三

你死定了

罗恩·韦斯莱

哈利
爱上了
~~哭泣的~~
~~桃金娘~~